柑橘ゆすら
Yusura Kankitsu
ill.
青乃下
Shimo Aono
JN018958
3
史上最強の
魔法剣士、Fランク冒険者に転生する
剣聖と魔帝、2つの前世を持った男の英雄譚

「ゴミ掃除っていうのは、あの手の人間も含めていいのか？」
「キュー！キュー！」
ライム（人型Ver.）
フィル・アーネット
アイザワ・ユーリ

アイシャ・ブリランテ
「チュー！チュー！」
レオモン
「人呼んで流離いのレアモンハンター、ダッチだ」
ダッチ・モービル

「召喚！コボルト！」
「「バウッ！バウバウッ！」」

「な、なんなのよ！コイツら！」
「バ、バカな……！複数体の同時召喚だと……!?」
んん？　もしかして複数体の魔物を
同時に召喚するのは珍しいことだったり
するのだろうか？
前世の俺は平気で召喚していたので、
あまり実感が湧かないところではある。

「ユーリさん！
ア、アレ……！」

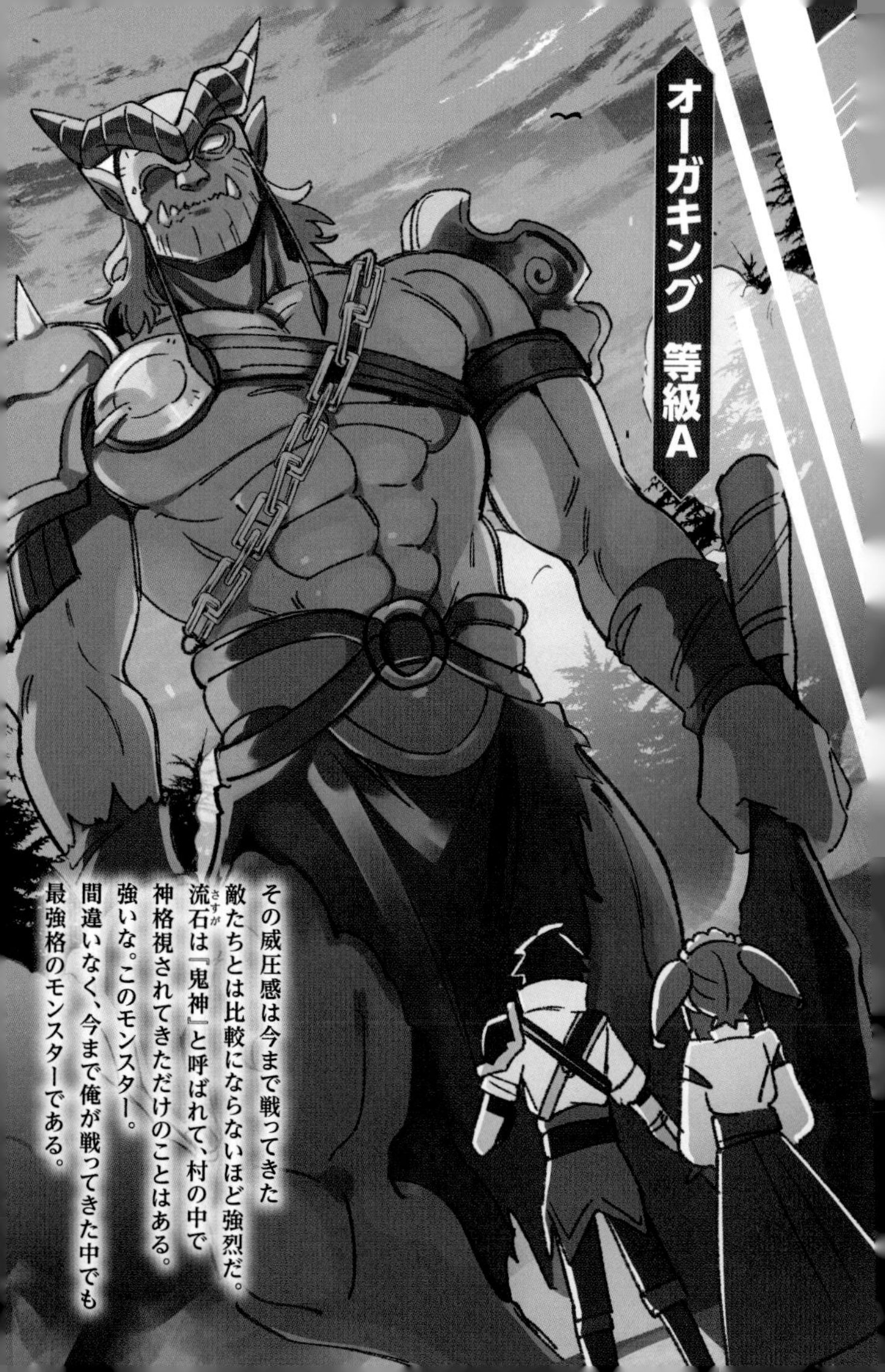
オーガキング 等級A
その威圧感は今まで戦ってきた
敵たちとは比較にならないほど強烈だ。
流石は『鬼神』と呼ばれて、村の中で
神格視されてきただけのことはある。
強いな。このモンスター。
間違いなく、今まで俺が戦ってきた中でも
最強格のモンスターである。

CONTENTS

ダッシュエックス文庫

史上最強の魔法剣士、Fランク冒険者に転生する3

～剣聖と魔帝、2つの前世を持った男の英雄譚～

柑橘ゆすら

プロローグ

ライムの変化

To tell the truth, F-rank magic swordsman is the strongest!

俺こと、アイザワ・ユーリが異世界に転生してから、どれくらい月日が流れただろうか。

耳を澄ませば、小鳥たちが囀(さえず)る声が聞こえてくる。

それは天気の良い朝のことであった。


「ZZZ……ZZ……」


んん？

これは一体どういうことだろうか？

目を覚ますと、見覚えのない女が俺の隣で寝息を立てているようだった。

誰だ？　コイツ？

見たところ、衣服を着ていないようだが、近くで服を脱いだ形跡が見当たらない。

どうやって部屋に入ってきたのだろうか？

俺に気配を悟られることなく、部屋の中に侵入してきたのだとしたら、大したやつである。

「キュー……？」

暫く女の様子を観察していると、どうやら彼女も目を覚ましたらしい。

「キュー！」

こうやって見ると、随分と幼い外見をしているのだな。

不思議そうに首を傾げていた少女は、自分の体にペタペタと触れて何やら感触を確認しているようだった。

と、次に女の取った行動は俺にとって少し予想外のものであった。

「キュー！　キュー！」

何を思ったのか、起き上がるなり俺の懐に飛び込んできたのである。

「うおっと」

意表を衝かれて、思わず、押し倒されてしまう。
うおっ……。これは凄いな……。
幼い外見の割に、尋常ではない腕力だ。
この馬力、俺が今まで戦ってきたどんな相手をも上回っているような気がするぞ。
待てよ。
この声、この匂い、この感触。
どこかで覚えがあるような気がするな……。

「もしかして、ライムなのか?」
「キュー!　キュー!」

この反応、どうやら正解みたいだな。

どうしてライムが人の姿になったのか？

それについて一つだけ心当たりがあった。

闇の魔石（特大）　等級A
（闇の力を秘めた特大の魔石）

先日のクエストで入手していた巨大魔石がどこかに消失していた。

おかしいな。

たしか昨日は、ベッドの近くの棚の上に魔石を置いていたはずなのだが、綺麗サッパリとなくなっているぞ。


「お前が食ったんだな？」

「ギュップ」


ゲップで返事をされた。

少女の姿になっても下品な行動は相変わらずのようである。

ライムが人の姿に変身できるようになったのは、やはり以前に獲得した希少な魔石が関係しているのだろう。

どういうわけかライムには、魔石を食べる度に新たな力を身に着ける能力が備わっていたのである。

「ユーリ。オハ、オハヨ」

「…………!?」

更にそこで驚くべきことが起こった。

この声、ライムが喋っているのか。

驚いたな。

人間の姿になるだけではなく、人間の言葉まで操れるようになったのか。

このところ、ライムの進化はとどまることを知らないようであった。

「ユーリ。ミテイテ」

覚束(おぼつか)ない言葉で前置きをしたライムは、ベッドに摑(つか)まって立ち上がる。

ふむ。

今度は二足歩行に挑戦するようだな。

しかし、危なっかしい足取りだ。

慣れない二足歩行に挑戦したライムは、今にも転倒しそうな様子であった。

すてーん！

そらみたことか。言わんこっちゃない。


「キュ～！」


無理に歩こうとしたライムはバランスを崩して、床に頭をぶつけることになる。

ショックを受けたライムは、グルグルと目を回して伸びているようであった。

ふむ。

挑戦することは悪いことではないが、果たしてライムが人間に近づいていくのが良いことなのかは判断が難しい問題だな。

「なあ。ライム。無理に俺たちの真似をする必要はないんだぞ？」

「キュー？」

　俺は軽くライムの頭を撫でながら、大切なことを伝えてやる。

「お前にはお前の良さがあるからな」

「…………」

　後から振り返ってみると、ここは大きな分岐点だったのだと思う。

　何故だろう。

　ここで釘を刺しておかないとライムは『スライム』としての人生を捨てて『人間』として生きていくような気がしてならなかった。

「もちろん、お前が望んでいることであれば止めるつもりは微塵もないが……」

　ライムが『俺に合わせて』人の姿に近付いているのであれば、その必要がないということを伝えておくべきだろう。

「キュー!」


元気良く声を上げたライムは、元の姿に戻って俺の肩の上に乗る。

ふむ。

ライム。それがお前の答えなのか。

元の姿に戻ったということは、それ即(すなわ)ちスライムのままでいることを選んだということなのだろう。


「これからもよろしく。相棒」

「キュー!」


必ずしも、人として生きることが良いことであるとは限らないのだ。

人には人の、スライムにはスライムの良さがあるのだろう。

1話　個人クエスト

To tell the truth, F-rank magic swordsman is the strongest!

でだ。

何かと慌ただしかった朝が過ぎ、俺はさっそく本日の冒険に出ることにした。

宿を出てから十分ほど歩くと、街の中心部に建てられた円形の建物が見えてくる。

大きな橋を渡った先にあるのが冒険者ギルドだ。

いつ来ても、この独特の熱気には圧倒されるものがあるな。

朝の早い時間から、ギルドの中は多くの人たちでごった返していた。

「どれどれ。今日のクエストはなんだろう」

ギルドの中心部には、冒険者たちが直ぐに仕事を受けられるよう設置されたクエスト掲示板がある。

掲示板の内容は日によって違い、中には割の良い貴重な依頼も混ざっていることから、いつも人込みが絶えない場所であった。

見たところ今日の討伐クエストは、『ゴブリン』と『ウルフ』の二種類のようだ。

この二種類に関しては、今までにも何度か倒したことがあったな。


「ライムは何か気になるクエストはあるか？」

「ギュ～！」


なんだ。その顔は。

いつになく渋い表情だな。

ライムにとって、この二種類は食べ飽きた存在なので不満なのだろう。


「参ったな」


他にも幾つか討伐クエストが出てはいるようだ。

だが、パーティーを前提としたものだったり、高ランクの冒険者しか受けられないものだったりと条件が合わないものばかりだ。

さてさて。どうしたものか。

このまま代わり映えのしないクエストばかりをしていても、退屈な冒険になってしまいそうだな。

「なあ。おい。そこの兄ちゃん」

ダッチ・モービル
種族　ヒューマ
性別　男
年齢　33

掲示板の前に立っていると、ハゲ頭の男に声をかけられる。

そこにいたのは小太りの体形をした、冴えない風貌(ふうぼう)のオッサンであった。

「オレ様の名前はダッチ。C級8位、人呼んで流離(さすら)いのレアモンハンター、ダッチだ。兄ちゃんも聞いたことがあるだろう?」


謎のキメポーズと共にダッチは言った。

誰だ。このオッサンは。

C級8位というと、凄いのか凄くないのか非常に判断に迷うポジションだな。

オッサンの名前についてはまったく聞いたことがないが、個人的に一つ気になることがあった。


「チュー!」

ハダカネズミ　等級E　状態(テイミング)

オッサンの肩にはネズミのモンスターが乗っていた。

ブサイクな顔立ちだが、不思議と愛嬌のあるモンスターだ。

そういえば、俺以外に魔物を使役している冒険者に出会うのは初めてな気がするな。

「こっちはレオモン。俺様のパートナーよ」

「チュー！　チュー！」


名前を呼ばれたハダカネズミ（名前はレオモンというらしい）は、元気良く返事をする。

凄いな。人間の言葉を理解しているのか。

ライムと同じように特別に頭の良いモンスターなのかもしれない。


「兄ちゃんはクエストを探しているのか？」

「ああ。まあ、そんなところだな」

「どうだ？　今日一日は、オレ様に雇われてみる気はねえか？」


何やら妙なことを言い始めたぞ。このオッサン。


「？　どういうことだ？」

「その様子だと、兄ちゃんさては新入りだな？　掲示板の中に書かれているクエストだけが全てじゃないぜ！　言うなれば、これは『個人クエスト』っていうところだな」

なるほど。

個人クエスト。そういうのもあるのか。

誰かに雇われるのはあまり好きではないのだが、今日は他に受けたいクエストを見つけることができないでいたのだ。

たまには気分を変えて、誰かの下で働いてみるのも悪くはないかもしれない。

「分かった。そういうことなら今日はダッチに雇われてみることにするよ」

「ふふふ。兄ちゃんなら、そう言ってくれると思っていたぜ！　そっちのチビ助もよろしく頼むぜ！」

「キュー！　キュー！」

魔物使いの知り合いができたのは初めてだ。

今日の冒険は今までと違った新しい発見があるような気がするな。

〜〜〜〜〜〜〜〜〜〜〜〜〜〜〜〜〜〜

冒険者ギルドから出た俺は、ダッチに紹介されて一緒に馬車に乗ることにした。
でだ。

「へえ。てことは、兄ちゃんはつい最近、冒険者になったばかりなんだな」
「ああ。正直、分からないことばかりだから、色々と教えてくれると助かるよ」

俺はダッチと二人で、馬車の前座席で簡単な身の上話を交わしていた。

「キュー！　キュー！」
「チュー！　チュー！」

ライムはレオモンと遊んでいるようだ。
荷物の置き場の方から、二匹の声が聞こえてくる。

初めての魔物の友達（?）ができてライムは、喜んでいるようであった。

「ところでよ。言いだしづらいんだが、どうしてスライムなんかと契約しているんだ?」
「?　どういう意味だ?」
「スライムにも色々な種類がいるんだけどよぉ……。兄ちゃんが契約しているスライムは、通常種だろ?」

通常種ということは、スライムには他に派生した種類のスライムがいるということなのだろうか。
後にも先にも俺が出会ったことのあるスライムはライムだけだったので、あまり実感の湧かない話である。

「通常種の青スライムといえば、モンスターの中でも最弱よ。好き好んで契約するやつはまずいねえぞ」

そうだったのか。

俺がライムを仲間にしたのは、その場の思いつきの行動だったのだが、魔物使いとしてのセオリーからは外れた選択だったのかもしれない。

「兄ちゃん。悪いことは言わないからよ。他の魔物と契約し直した方がいいんじゃねーか？　よければオレがオススメの魔物を紹介するぜ？」

「いや。その必要はないかな」

おそらく親切で提案してくれているのだろうが、俺にとっては無用の心配である。

「ライムはこう見えて、頼りになる魔物だ。今回の冒険でも、色々と助けられることがあると思うぞ？」

「ハハッ！　ウソを言っちゃいけねーよ！」

「別にウソを言っているつもりではないのだが……」

「スライムに助けられたとあっちゃ、魔物使い失格よ。レアモンハンターとしての看板も下ろさなければならねーな」

どうやらダッチは、完全にライムの実力を侮っているようである。

瞬間、馬車が激しい振動に包まれる。

おっと。

そうこうしているうちに、ライムの実力を披露できるかもしれない機会が巡ってきたようだな。


「な、なんだー!?　地震かー!?」


やはりな。

こういうことになったか。

どうやら馬車が整備の届いていない荒れ地に入ったようだ。

俺たちの借りた馬車は、お世辞にも質の良いものとは言えなかった。

全体的に古びている上、出発する前に軽く確認したところ、車体が傾き不安定になっているみたいであった。

つまり、そこから導き出される結論は一つだ。

ガリンッ！

次の瞬間、俺たちの体はフワリと宙に浮くことになる。

ふむ。

やはりこういう展開になってしまったか。

先頭を走る馬が石か何かに躓（つまず）いたのだろう。

俺たちの乗っている馬車は、大きく投げ出されることになった。

「ライム。お願いできるか？」

「キュッ！」

こういう時こそライムの力が発揮されるというものだろう。

俺から指示を受けたライムは外に出て、馬車が転倒する場所に先回りを開始していた。

「キュウウウウウウウウウウウウー！」

大きく息を吸い込んだライムの体は、みるみると巨大化していく。

ポヨンッ！　ポヨヨヨヨンッ！

結果、馬車はライムの柔らかい体に弾かれることになった。

「ヒヒッ！　ヒヒーン！」

ライムのサポートもあって、上手い具合に転倒の衝撃を緩和することができたようだ。

体勢を立て直した馬は、そのまま走り出すことに成功する。

「なっ！　んなあああああああああ!?」

この光景を受けて、驚いたのが隣にいたダッチである。

あんぐりと大きく口を開けたダッチは、暫く硬直状態のままだった。

「おい！　どういうことだよ！　兄ちゃん！　スライムが巨大化するなんて聞いたことがねー

ぞ！」

「キュー？」

ふむ。

どうやら自分の意志で体を大きくできるスライムは、ダッチにとっても珍しい存在だったらしいな。

「なあ。兄ちゃんの契約しているスライムは、普通のスライム、なんだよな？」

ライムの能力を目の当たりにしたダッチが不審な眼差しを向けていた。

「ん？　ダッチが言っていたんじゃなかったのか？　通常種の青スライムは、最弱のモンスターだって」

「うっ。まあ、そりゃあそうだが……」

何故だろう。

相手の言葉を借りて返事をしてやると、ダッチはそのまま押し黙った。

～～～～～～～～～～～～

それから。

思いがけないピンチを切り抜けた俺は、ダッチから詳細な仕事の説明を聞いてみることにした。

「いいか。聞いて驚け！　これからオレたちが行くのは、竜の谷(ドラゴンバレー)さ」

「竜の谷？」

「なんだ。兄ちゃんは、竜の谷も知らないのか。テイマーにとっての聖地と呼ばれる場所だぞ？」

溜息を吐いたダッチは、竜の谷について事細かく説明してくれた。

曰(いわ)く。

強靭(きょうじん)な戦闘力と抜群(ばつぐん)の存在感を示すドラゴンという種族は、テイマーたちにとって憧れのとか。

存在であった。

そんなドラゴンたちが集まる竜の谷は、テイマーたちから聖地と呼ばれるようになったのだ

「ドラゴンの捕獲というと男の浪漫（ロマン）よ。兄ちゃんには、幼竜の捕獲クエストを手伝ってもらおうと思っているんだ！」

「おお。なんだか凄（すご）そうな仕事だな」

「たしかに危険な仕事だが、心配はいらないぜ。今はドラゴンたちも産卵期だからな。普段は危険なドラゴンだが、今は体力も落ちていてチャンスというわけよ」

産卵のために体力を使ったドラゴンたちは、従来の力の半分も出すことができなくなるらしい。

ダッチのテイマーとしてのネットワークを駆使すれば、幼竜を高値で買い取ってくれるルートを使用することができるのだとか。

「流石（さすが）はダッチ。色々なことを知っているのだな」

「ふふんっ！　当たり前よ！」

素直に思ったことを伝えてやると、上機嫌に大きな腹を突き出した。

「お前さん、テイマーとして見込みがあるみたいだな。どれ。今日は特別にダッチ様の武勇伝を聞かせてやろう！」

それからダッチは目的地に到着するまでの間、様々な冒険譚を聞かせてくれた。

最果ての海に行ってクラーケンを捕獲した時のこと。

断崖絶壁の崖にのみ生息する金の卵を産んでいるニワトリを捕獲した時のこと。

世界に三匹しかいない七色に光るレインボースライムを捕獲した時のこと。

中には眉唾物の話も多くあったが、起伏に富んだダッチの話は、聞いていて興味の尽きないものであった。

「こうしてオレ様の活躍は、全国に轟いたっていうわけよ。流離いのレアモンハンター。いつしかオレは、そう呼ばれるようになったのさ」

キリッとした凛々(りり)しい顔つきでダッチは言った。

「流石はダッチだ。こんな凄いやつと一緒に冒険ができて、俺は誇らしいよ」

「ガハハハ！　そうだろう！　そうだろう！」

機嫌を良くしたダッチは、バシバシと俺の背中を叩いて高笑いをした。

「ところで不思議なんだが。どうして、そんな活躍をした冒険者がCランク止まりなんだ？」

「ふっ。本当に凄いやつっていうのは、意外と現実には評価されないものなんだぜ。時代がオレ様についていきてねーんだろうな」

「なるほど。流石はダッチだ」

たしかに冒険者としてのランクが、実際の強さを示しているわけではないからな。

ダッチのような凄いやつが埋もれていても、そこまで不自然ではないだろう。

2話　竜の谷

でだ。

ダッチから武勇伝を聞いているうちに、いつの間にか風の匂いが変わっていた。

「着いたぜ。ここが竜の谷だ」

噂の竜の谷に到着したようだ。

馬車に乗って、遠征しただけのことはある。

巨大な棚のような崖が、幾重にも折り重なるようにできた峡谷は、空前の壮大なスケールを感じさせるものであった。

「ドラゴンに会うためには、この崖を登っていく必要があるんだ。レオモン！　頼んだぜ！」

鞄（かばん）の中からロープを取り出したダッチは、崖の上に向かって先端が輪の形状になったロープを放り投げる。

「チュー！　チュチュチュチュッ！」

ダッチから指示を受けたレオモンは小柄な体を活（い）かして、猛スピードで崖を駆け上がっていく。

「チュー！」

崖の上でロープをキャッチしたレオモンは、ロープの先端部分を岩の突起に引っ掛けて固定した。

なるほど。

このロープを伝って、崖を登っていくわけか。

小回りの利（き）くレオモンを活かした、面白い作戦である。

大型のモンスターがパートナーだと、こういう動きはできないだろう。

「よくやったぞ。レオモン。ナイスキャッチだ！」

「チュー！」

流石は数々の武勇伝を打ち立ててきたダッチである。

息の合ったコンビネーションだ。俺とライムも負けていられないな。

「これでよしっと。兄ちゃんは、オレの後ろをついてきてくれよ！」

「了解した」

ダッチの大きな尻を眺めながらも俺は、黙々とロープを使って崖を登っていく。

最初に異変が起きたのは、冒険を開始してから三十分くらいが経過した時のことであった。

「なんだ……？　あの魔物は……？」

コボルト　等級D

崖を登った先に、奇妙なモンスターを発見する。

見たことのない種族だ。

一見するとウルフのようにも見えるが、二足歩行で移動しているところが特徴的だ。

初めて目の当たりにするコボルトという魔物は、ゴブリンとウルフを混ぜ合わせたような外見をしていた。


「コボルトか。大人しくて、人間にも懐きやすいモンスターだな。ドラゴン捕獲の前座としては、おあつらえ向きのターゲットじゃないか」

「…………？」


果たして本当だろうか。

人に懐きやすいとはいうが、既に俺たちに対して、敵意をかなりむき出しにしているように感じるのだが……。

もしかするとダッチは、魔物の感情の機微を読み取ることができないのだろうか？

「いいか？　テイマーの先輩として、まずはオレが魔物を手懐ける手本を見せる！　兄ちゃんは、オレが示す手順を観察していてくれよ」

何はともあれ、テイマーの先輩であるダッチから手本を見せてもらえるのは有り難い限りである。

ここはダッチの動きを観察させてもらうことにしよう。

「魔物を手懐けるには、大きく分けて二つのアプローチがある。力で屈服させるか、エサを使って友好的な関係を築くかだ」

「なるほど」

そういえばライムを仲間にしたときも、偶然ゴブリンの巣穴から入手した干し肉を使ったような気がするな。

あの時は、特に深く考えていなかったのだが、意外にも魔物を手懐ける上で正解の選択肢を取っていたというわけか。

「俺はエサなんて持っていないが、大丈夫か？」

「へへっ。それについては問題ねえ。今日はコイツを使うからよ」

そう言ってダッチは年季の入った鞄をゴソゴソと漁り始める。

中から出てきたのは、湿り気を帯びた土色の謎の球体であった。

「これは？」

「オレ様が夜鍋してこさえた特製ダンゴだ。これさえあれば、どんな魔物もイチコロってわけよ」

果たして本当だろうか？

ダッチの作ったダンゴは、お世辞にも食欲をそそるようなものではなかった。

凄く臭そうな見た目をしている。

一体どんな素材を使用すれば、これほどまでにマズそうなダンゴを作ることができるのだろうか。

「キュー……」

心なしか、ライムも臭いを我慢しているような感じだった。
驚いたな。
なんでも食べられるライムをここまで萎えさせることができるとは、ある意味では凄いことである。

「へへっ。おーい！　そこの魔物さんたちー！　友達になろうぜー！」

両手をブンブンと振り回しながらもダッチは、コボルトたちの方に近付いていく。
果たして大丈夫だろうか。
ダンゴの出来はともかくとして、今のコボルトたちに近付くのは非常に危険なような気がするのだけどな。

「「「フシャアアアアアアア」」」

「ひぃ！　どうしてだよー！」


やはりこうなるか。

俺の抱いていた嫌な予感は的中した。

おそらく元々、気が立っている時にマズそうなダンゴを差し出されて、逆上したのだろう。

コボルトたちは爪を立てて、ダッチに向かって飛び掛かってくる。


「た、助けてくれー！」

「チュー！」


いかにダッチが熟練のテイマーであっても、数の暴力には勝てなかったようである。

コボルトに囲まれたダッチは、レオモンと一緒に完全に戦意を喪失(そうしつ)しているようであった。

さてさて。

どうしたものか。

魔物を手懐けようにも今のコボルトたちにエサを与えても逆効果な気がするぞ。

ん。待てよ。

その時、俺の脳裏に過ったのは先程ダッチから受けたアドバイスであった。
ダッチが言うには魔物を手懐ける方法は二種類あるらしい。
それ即ち、力で屈服させるか、エサを使って友好的な関係を築くかだ。
もしかしたらこの状況は、前者の方法を試す千載一遇のチャンスなのかもしれない。

（それなら！）

覚悟を決めた俺は、剣を抜く。
今回の戦闘の目的は討伐ではなく懐柔にあるので、刃のついていない方で応戦することにしよう。

「バウッー！」

むっ。この魔物、意外と素早いぞ。
手加減していたとはいっても、俺の一撃をヒラリと躱した。

「「「バウッ！　バウッ！」」」


体は小さいが、Ｄランクに指定されているのも頷ける。

どうやら、このコボルトという魔物は、ゴブリンの知能とウルフの身体能力を併せ持っているらしい。

仕方がない。

手加減ができないならば、本気で戦うしかないよな。

力の調整は、俺が最も苦手としている技術なのだ。


「「「ババウッー!?」」」


俺の思い過ごしだろうか。

俺が『本気モード』を解禁した次の瞬間。

コボルトたちは、怯えるような表情を見せた。

ふむ。

人間と違って野生のモンスターは、相手の気配に敏感だからな。

この一瞬で実力の差を悟ったのかもしれない。

「ライム！　足止めは任せたぞ！」

これ以上は無理に戦う必要もないだろう。
そう考えた俺は、ライムに向かって指示を飛ばすことにした。

「キュー！」

俺の指示を受けたライムは、大きく体を跳ね上げて、天に向かって跳躍。
続けて、自らの体液を地上にいるコボルトに向かって、浴びせにかかる。

「「「ババウッ⁉」」」

作戦成功。
コボルトたちの捕獲は、上手くいったみたいだな。

ライムの体液を全身に受けたコボルトたちは、地面に伏せたまま手足をジタバタとさせているようであった。

「ナイスだ。ライム」

「キュー！」

粘度を上げたライムの体液は、魔物を捕獲するときに便利そうだな。

さてさて。

無事にコボルトを無力化できたのは良いのだが、問題はこれからである。

「なあ。魔物の捕獲手順って、これで良かったのかな？」

もしかしたら、迂闊なことをしてしまったか。

ついついいつもの癖でライムを頼ってしまった。

実力を示すという意味では、俺独りで戦った方が良かったのかもしれない。

「あっ……。あっ……あっ……あっ……」

「チュッ。チュチュチュチュ……」

んん？　これは一体どういうことだろうか？

素直に疑問を尋ねてみると、ダッチ＆レオモンは打ち上げられた魚のようにパクパクと口を開閉するのだった。

～～～～～～～～～～～～～～

それから。

コボルトの集団を捕獲することに成功した俺は、ライムの粘液を解除して、彼らから事情を聞いてみることにした。

「バウ！　バウ！」

「ババウッ！　ババウッ！」

ふむふむ。なるほど。

大まかにだが、話が見えてきたぞ。

言葉が分からなくても、コボルトたちの言っていることが理解できるのは、俺が持っているテイミング（上級）のスキルのおかげだろう。

「どうやらコボルトたちは、ドラゴンに住処（すみか）を追いやられて、気が立っていたみたいだな。この崖（がけ）を登った先に、ドラゴンたちの寝床があるらしいぞ」

「なに……！　それは本当か……！」

当事者たちから話を聞いたわけだから、これに関しては疑いようのない事実である。

「バウッ！　バウッ！」

「もしよければ案内しようか？　と言っているみたいだぞ」

「「バウッ！　バウッ！」」

コボルトたちからしても住処を奪ったドラゴンたちは、憎い存在なのだろう。

奇しくも俺たちの利害は、一致していたようである。

「おい！　さっきから不思議に思っていたのだが……。もしかして兄ちゃんは、魔物の言葉が分かるのか？」

「ああ。ダッチは分からないのか？」

「し、信じられねえ。熟練のテイマーの中には、魔物の言葉を理解できるやつがいると聞いたことがあるが……。まさか兄ちゃんが……」

俺が疑問を尋ねるとダッチは、ブツブツと何事か独り言を始める。

「ダッチが分からないなら、ここから先は俺が先頭を歩くけど構わないか？」

コボルトが案内してくれると分かった以上、魔物の言葉を理解できる人間が先陣を切っていくべきだろう。

俺の提案を受けたダッチは、ハッと我に返ったように胸を叩く。

「へへっ！　舐めてもらっちゃ困るぜ！　魔物の言葉も分からねえようじゃ、レアモンハンターの名折れよ！　こんなもん基礎よ！　基礎！」


そうだったのか。

てっきり俺は魔物の言葉を理解するスキルは、特別なものだと思っていたのだが、残念ながら思い上がりであったらしい。

やはり俺は冒険者として未熟者だ。

テイマーとしての道は、俺が思っていた以上に険しいようである。


～～～～～～～～～～～～～～


でだ。

コボルトから情報を聞き出した俺は、ドラゴンの寝床を探すために山頂を目指していた。

「ここから先は緩やかな坂が続いているからな。ロープは使わずに歩いていくぞ」

「了解した」

ダッチの指示により俺たちは、岩肌が剝き出しになった細い道を辿っていく。

「バウッ！　バウッ！」

ああ。そうそう。

俺は先程、仲間にしたコボルトの一匹を道案内役として同行してもらうことにした。

実を言うと、コボルトたちは集団で案内すると言ってきたのだが、それに関しては謹んで断りを入れておいた。

目の前に広がるのは、今にも崩れ落ちそうな険しい道のりである。

あまり魔物をゾロゾロと連れ歩いても、リスクが上がってしまうというものだろう。

「バウッ！　バウウ〜ン！」

だから俺は、コボルトたちの代表としてピョコンと頭に逆立った毛のあるワイルドな奴に、案内を一任することにした。

コイツの名前は、そうだな。

ワンキチと呼んでやることにしようか。

「よし。今日からお前の名前はワンキチだ。よろしく頼むぞ」

「バウウ～ン！」

俺が付けた名前を気に入ってくれたのだろうか。

心なしかワンキチの声は、上機嫌なものになっていた。

暫く探索を続けていくと、目の前の道幅が少しずつ狭まっていくのが分かった。

「おいおい。これは思った以上にハードだぜ……」

「チュー！　チュー！」

ダッチの顔色が青ざめていくのも無理はない。

目の前に広がる細道は、一歩でも踏み間違えれば、途端に命を落とすほど危険なものに変わっていた。

「悪いが、ここから先は慎重にいかせてもらうぜ」

警戒心を強めたダッチは、牛歩のスピードで慎重に歩みを進めていた。

「どわっ……！」

だがしかし。

結果的にゆっくりと歩き過ぎたことが仇となったらしい。

体重をかけて歩いたことにより、脆くなっていた道を踏み抜いてしまったのだろう。

先頭を歩くダッチが大きくバランスを崩す。

「あ……れ……？」

そこから先は、あっという間の出来事であった。

宙に放り出されたダッチの体は奈落の底に向かって、落下していく。

「ライム。頼んだ」

「キュッ！」

こういう時は、俺が行くよりも、小回りの利くライムに救助を任せた方が早いだろう。

餅のように体を伸ばしたライムは、ダッチに向かって救いの手を差し伸べる。

「ぐおおおおおおおおお！　死ぬうううううううう！」

間一髪のタイミングであった。

ライムの救援に気づいたのは、意外なことにレオモンであった。

「チュー！　チュー！」

ライムがレオモンの手を握り、レオモンがダッチの手を握る。

統率の取れた魔物コンビの活躍によって、紙一重のところで、窮地を脱することができたようだ。

「アハハハ……。ハハ……。走馬灯が見えたぜ」

危うく命を落とすところを助けられたからだろうか。

暫くの間ダッチは、放心状態に陥っているようであった。

「ふう……。助かったぞ。チビ助。恩に着るぜ」

「キュッ！」

最初はライムのことを侮っていたダッチであるが、完全に評価が急変したようだ。

今となっては、ライムに頭が上がらなくなっているようだな。

～～～～～～～～～～～～

それから。

思いがけないピンチを切り抜けた俺たちは、引き続き、探索を続けることにした。

「な、なんじゃこりゃあああ！」

次の異変が起こったのは、目的地の山頂付近まで、残すところ後僅(わず)かのところであった。
先陣を切って探索を進めていたダッチが驚きの声を上げる。
何事かと思って視線を移すと、そこにあったのは、山頂に続く道を塞(ふさ)ぐ巨大な岩であった。

「クソッ！　なんだよ！　この岩！　良いところで邪魔をしやがって！」

ダッチが不満を零(こぼ)すのも無理はない。
見るからに不自然な岩だ。
なんというか、明らかに俺たちの行く手を塞ぐために置いているとしか思えないものであった。

「畜生(ちくしょう)！　どうやら他に道はないようだな」

さてさて。どうしたものか。

俺一人ならば余裕だが、ダッチが飛び越えられるとは思えない。

となると残された手段は、岩を破壊するくらいのものだろう。

「チッ……。仕方がない。こうなったからには、オレ様の奥の手を使うしかないな」

ダッチに何か作戦があるようだ。

テイマーの先輩として、ダッチがこの窮地をどうやって切り抜けるのか参考にさせてもらうことにしよう。

「見ていろよ！　兄ちゃん！　コイツがオレ様のとっておきだぜ！」

次にダッチが取った行動は俺にとって想定外のものであった。

何を思ったのかダッチは、自らの親指を歯で嚙んだのである。

「召喚――ゴーレム！」

親指から滲み出た血で、ダッチは岩の前で何か模様を描き始める。

そうか。思い出したぞ。

この技はたしか、前世の《魔帝》の時代の俺も頻繁に使っていたものである。

召喚魔法、と呼ばれるテイマーの基本魔法だ。

今の今まで忘れていたのが不思議なくらい汎用性の高いスキルであった。

「ウゴオオオオオオオオオオオオオオオオオオオオオ！」

ダッチが叫んだ次の瞬間。

血で描かれた模様から一体のモンスターが浮かび上がる。

ゴーレム　等級D

そこに現れたのは、巨大な岩の体を持ったモンスターであった。

ゴーレムか。

この魔物は、以前に『北の鉱山』という場所で俺も戦ったことがあるな。

スピードは極端に鈍いが、パワーに関しては非の打ちどころのないモンスターだ。


「カタブツ！　あの岩をどかしてくれるか？」

「ウンゴオオオ！」


ダッチの呼びかけに応じてゴーレム（名前はカタブツというらしい）は、目の前の岩に向かって両腕を押し付けていく。

なるほど。

ダッチはゴーレムを使って岩をどかす気でいるようだ。

だがしかし。

そこで少し予想外のことが起こった。

「ウンゴオオオ！　ゴオオオオオ！」

ゴーレムの怪力を使っているにもかかわらず、目の前の岩をどかすことができない。

どうやらゴーレム一匹だけでは、力不足だったみたいである。


「なにくそっ！」

「チュー！」


ダッチとレオモンもいっしょになって岩をどかそうとしている。

だがしかし。

三人掛かりで押しても、目の前の巨大岩はピクリとも動かないようであった。

「ダ、ダメだ。パワーが足りないみたいだ。兄ちゃんたちも手伝ってくれねえか！」

「了解した」

これくらいの岩なら、ライムの手を借りるまでもない。

俺一人の力でも十分だろう。

そう判断した俺は、手にした剣を鞘（さや）から抜いて岩に向かっていくことにした。

「危ないから少しの間、離れていてくれないか?」

「剣だと!? 兄ちゃん、一体何を……!?」

力でどかすことができないのであれば、技を使って切断するのが筋というものだろう。

「よし。それじゃあ、いくぞ!」

俺はダッチたちが安全な場所に避難をしたタイミングを見計らって、素早く剣を振り下ろした。

ザシュッ! ズガガガガガガガガガガガガガガガガガガガガガガガガガガガガガガガガガガガガガガッ!

瞬間、大地が震える。

やはり剣を使えば、簡単に岩をどかすことができたようだ。

俺たちの前にあった巨大岩は、皮をむいた饅頭のように脆く崩れ去って、道になった。

「んなっ！　なああああああ！」

剣圧に吹き飛ばされて、尻餅をついたダッチは驚愕の表情を浮かべていた。

「どうしてテイマーのくせに剣術なんて使えるんだよ!?」

「ん？　もしかして、剣を使うのは珍しいことなのか？」

「そりゃそうだろ！　テイマーと剣士の両立なんて不可能だぜ！　普通は人生を懸けて、どっちか片方に絞るもんだ！」

そうだったのか。

たしかにスキルを獲得するには、かなり苦労すると聞く。

それは以前に釣り（初級）のスキルを獲得した時に実感したことであった。

「人生を懸けて、か」

残念ながらダッチの指摘は、この世界で三度目の人生を送る俺には当てはまらないだろう。

魔帝の記憶　等級　ＳＳＳ
（魔法スキルの習得速度１００倍）
剣聖の記憶　等級　ＳＳＳ
（剣術スキルの習得速度１００倍）

俺が剣と魔法に関するスキルをハイスピードで取得できているのは、前世の記憶のおかげである。

前世の自分に感謝しなくてはならないな。

3話 同時召喚

To tell the truth, F-rank magic swordsman is the strongest!

ワイルドな毛並みを持ったコボルト、ワンキチに案内されて探索を続けていくと、かなり山頂に近づいてきたようだ。

「バウッ！　バウバウッ！」

ワンキチの様子が、何やら慌ただしい。
どうやら目的のドラゴンの寝床まで、残すところ後僅かのようだ。

「おー！　オレたちの探している場所って、あの洞窟じゃないのか!?」
「チュー！」

そう言ってダッチが指さした先にあったのは、切り立った斜面にあった洞窟であった。

よく見ると、この辺は似たような洞窟が幾つかあるみたいだ。

ワンキチに道案内を任せたのは正解だったな。

自力で探そうとすると、幾つもの洞窟を隈(くま)なく探索しなくてはならないところであった。


コツコツコツッ！


異変に気付いたのは、俺がそんなことを考えていた直後のことであった。

洞窟の中から足音が聞こえてくる。

俺たち以外の冒険者だろうか？

歩き方から察するに、それなりに戦いに慣れてそうだ。

「シッ。誰かが近くにいるみたいだ」

「なに……！　本当か……！」

こんな山頂付近を偶然に人が通るとは考えにくい。

相手の目的が分からない以上は、警戒しておくに越したことはないだろう。


「あれ？　ユーリじゃない。どうしたのよ。こんなところで」

アイシャ・ブリランテ
種族　ヒューマ
性別　女
年齢　16

ところが、洞窟の中から現れたのは、俺にとって意外な人物であった。

ん？　どうしてアイシャがこんな崖の上にいるんだ？

この少女は、ここ最近、何かと縁がある先輩冒険者であった。

可愛らしい、小柄な外見に騙されてはならない。

何を隠そうアイシャは、街に十人しかいないＢ級冒険者であり、大の男が数人がかりで挑んでも返り討ちにできるほどの実力者であった。

「もしかしてアイシャは、ドラゴン退治に来たのか？」

「違うわ。むしろその逆よ」

カールした紫色のツインテールを翻して、アイシャは高らかに宣言をする。

「アタシは不正にドラゴンを狩ろうとする輩を退治するために来たのよ！」

「？？？」

未だに事情が呑み込めていない俺に対して、アイシャは事情を説明してくれた。

曰く。

ドラゴンは捨てるところがないというくらいに価値のある生物であるらしい。

骨も皮も。全てが人間にとって利用価値があるのだとか。

その為、ほとんどのケースでギルドは、ドラゴンの討伐数に制限をかけているらしい。

「そういうわけでギルドを通さずにドラゴンを狩る行為はご法度よ！　そこのオッサン！　ア

ンタ、不正なドラゴンハンターじゃないの!?」


ビシリとダッチの方を指さして、アイシャは言った。

初対面の相手であろうと全く物怖じしないのが、アイシャの凄いところである。

「し、失敬な！　言っておくが、オレは正規だぞ！　見ての通りほら！　冒険者ライセンスだって持っている！」

「チュー！　チュー！」

冒険者ライセンスを見せつけて、ダッチは身の潔白を証明しようとしている。

レオモンも援護射撃とばかりに鳴き声を上げているようだ。

「って、よく見たらアンタ。C級30位のホラ吹きダッチじゃない！」

「…………!?」

アイシャが何かに気付いたように大きな声を上げる。

指をさされたダッチは、あからさまに動揺した様子を見せていた。


「どういうことだ？」

「このオッサンは、新人冒険者にウソの武勇伝を教えて手駒にすることで有名よ！　無知な新人たちを利用することで、C級に成り上がった問題児なんだからっ！」

「そうだったのか」


言われてみれば、たしかに心当たりはあるかもしれない。

ダッチの武勇伝は、現実のものとは思えないほどよくできた話だったからな。

今にして思えば、馬車の中で語った武勇伝の数々は自分を凄く見せるためのブラフだったのだろう。


「なあ。ダッチ。たしか俺に自己紹介をする時は、C級8位とか言っていなかったか？」

「グッ……。ウググ……」

「見栄を張っていたのか？」

「…………」

どうせウソを吐くのであれば、もっと強く見せるべきだったのではないだろうか。

俺からしてみればC級の30位も、C級の8位も似たようなものに思えるのだが、ダッチからしたら譲れないポイントだったのかもしれない。

「畜生！　たしかにオレには、疑われても仕方がないことをしてきたさ！　だがよっ！　今は心を入れ替えているんだ！　不正なことは誓ってしてないぜ！　なあ！　信じてくれよ！」

「チュー！　チュー！」

地面に両膝をつけたダッチは、レオモンと一緒に身の潔白を主張していた。

「ユーリ。このオッサン、本当に信用できる人物なんでしょうね？　何か怪しいところはなかったかしら？」

「うーん」

なかなかに難しい質問だな。

たしかにダッチはウソつきかもしれないが、個人的には悪いやつではなさそうに見える。

だが、人格的に完全に信用できるかと言われると微妙なところである。


「「…………!?」」

俺たち二人が異変に気付いたのは、そんな会話をしていた直後のことであった。


「ひとまず、オッサンを詰めるのは、後回しにしておいた方が良さそうね」

「それがいいな」


囲まれているな。

おそらく敵は、アイシャが言っていた不正にドラゴン狩りを働いている連中だろう。

思ったよりも数が多いな。

おそらく先程、大きな岩を使って俺たちの行く手を塞（ふさ）いできたのもコイツらの仕業（しわざ）なのだろう。

「ユーリ。右側の半分は任せてもいいかしら？」

ウィップソード　等級B
（硬さと柔軟性を兼ね備えた金属で作られた剣）

自身の愛剣である『ウィップソード』を取り出して、アイシャは言った。

アイシャはB級冒険者だ。

ここに集まった連中くらいは、軽く蹴散らせる実力を持っている。

だがしかし。

少し思うところがあって俺は、断りを入れることにした。

「いや。今回は全て譲ってくれないか？　試してみたいことがあるんだ」

「…………？」

先程のダッチの活躍を目の当たりにした時から、ずっと試してみたいことがあった。

俺の記憶が正しければ、アレは俺が得意とするスキルの一つでもあったのだ。

覚悟を決めた俺は、親指の先を歯で噛み、血を使って魔法陣を描いてやることにした。
召喚スキルの時に使う模様はたしか、こんな感じだったはずだよな。

「召喚！　コボルト！」

俺が声高に叫んだ次の瞬間。
血の魔法陣から、複数のモンスターが浮かび上がってくる。

「「「バウッ！　バウバウッ！」」」

現れたのは、先程知り合いになったばかりのコボルトたちだ。

「な、なんなのよ！　コイツら！」
「バ、バカな……！　複数体の同時召喚だと……!?」

んん？　もしかして複数体の魔物を同時に召喚するのは珍しいことだったりするのだろう

か？

前世の俺は平気で召喚していたので、あまり実感が湧かないところではある。

「周りの不審者たちを倒してくれ！」

俺は驚くアイシャ＆ダッチを尻目にコボルトたちに命令を飛ばす。

「「「バウッ！」」」

コボルトたちは四方八方に散らばり、不審者たちに向かって突撃していく。

俺が思っていた以上にコボルトたちの動きは素早かった。

「うおっ！　なんだ！　一体！」

「クソッ！　やっちまえ！」

コボルトの襲撃に気付いた男たちは、それぞれ剣を抜いて応戦する。

だがしかし。

不審者たちとコボルトたちの身体能力の差は歴然であった。


「「バウッ！　バウッ！」」

「うぎゃ」「ほぎゃ」「ふごっ」


俺が召喚したコボルトたちは、瞬く間に不審者たちを蹴散らしていく。

んん？　これは一体どういうことだろうか。

たしかにコボルトたちは、小柄な体躯（たいく）の割にパワフルな動きが持ち味のモンスターであった。

だがしかし。

俺が戦った時よりも、遥（はる）かに動きにキレが増している気がする。

これだけ動けるモンスターが、Dランク程度に指定されていることはあり得ないだろう。


「クソッ！　一旦、撤退だ！」

結局、戦力差を悟った不審者たちは、蜘蛛（くも）の子を散らすようにして退散していく。

「ちょっと！　一体なんなのよ！　この子たちの強さは！」

アイシャもコボルトたちの力強さに驚いているようだ。

「この子たちの動きは一匹一匹がCランク……。いいえ、下手をするとBランクのモンスターに匹敵する力があったわよ！」

俺もアイシャの意見に概ね同感である。

コボルトたちの力は、明らかに以前までとは違っていた。

Bランクは流石に持ち上げ過ぎかもしれないが、少なく見積もってもCランク以上の実力はあった気がする。

「し、信じられねえ。契約した魔物は、テイマーの力の一部を引き継ぐと聞いたことがあるが……。もしかすると兄ちゃんは……」

「ん？　ダッチ。何か言ったか？」

「い、いや。なんでもない。流石は兄ちゃん！　オレ様の一番弟子なだけはある！　師匠として鼻が高いぜ！」

もの凄く返事を濁されているような気がするのだが、俺の思い過ごしだろうか。

何はともあれ、邪魔者たちを蹴散らした俺たちは、引き続き、竜の谷の探索を続けるのであった。

〜〜〜〜〜〜〜〜〜〜〜〜〜〜〜〜〜〜

一方、その頃。

ここは竜の谷の山頂付近にある洞窟の中である。

ユーリたちを襲った不審者たちは、休憩場所に戻って、ボスに状況の報告を行っていた。

「アンジェス様！　報告にございます！」

アンジェスは、身長１９０センチに迫る隻眼の男であった。

以前はリデイアルの街で冒険者をやっていたこともあったのだが、現在ではライセンスを剝奪されて追放処分となっている。

裏の世界では名の通った無法者であった。

「現在、我々の任務を阻んでいる冒険者はこの三名になります」

アンジェスは、焚火で焙った骨付きの肉を頰張りながら、部下から差し出されたギルドカードに目を通していた。

「ふんっ。Ｂ級10位の『棘のアイシャ』か。厄介な女に絡まれたものだな」

部下たちの奇襲が失敗に終わったのも頷ける。

アイシャの名前は、『裏の世界』でも有名だ。

Ｂランクというと、業界でも上位１パーセントに位置する実力者だ。

若くして通り名まで与えられたアイシャは、間違いなく警戒に値する人物だろう。

「C級30位のダッチ・モービル？　聞かない名前だな。まあ、この歳でCランクっていうことは大したやつではないだろう」

真の才能のある人間であれば、アイシャのように十代半ばでBランクに昇進することが可能である。

三十歳にしてC級の下位ランク止まりのダッチは、アンジェスの目から見て取るに足らない存在であった。

「で、ラストの一人は……」

最後にアンジェスが目を通したのは、ユーリの似顔絵が描かれたカードであった。

「アイザワ・ユーリ。この男は特に要注意です。最近、巷で話題となっているFランク冒険者ですぜ！」

「…………」

部下からの報告を受けたアンジェスは骨を噛(か)み砕いて、ニヤリと邪悪な笑みを浮かべる。

「ふふふ。驚いたぜ。あのアイシャが、わざわざ足手纏(あしでまと)いの雑魚(ざこ)を引き連れているとは」

「い、いいえ。アイザワ・ユーリは侮(あなど)れない人間です！　先程の戦いでも我々の部隊を……」

「ハンッ。Ｆランクの冒険者に、実力のあるやつなんているはずないだろうが！　『元冒険者』のオレが言うんだ。間違いがねえ！」

アンジェスには、冒険者として五年を越えるキャリアがあった。

一時はＢランク冒険者に最も近い男と称されて、周囲から持て囃(はや)されたこともあったくらいだ。

「作戦を決めたぜ。Ｆランクの雑魚を人質に取って奴らの動揺(どうよう)を誘う！　アイシャの性格なら昔からよ～く知っているからよ。これでオレたちの敗北は、１００パーセントなくなったぜ」

「…………」

今回の任務は、とある超ＶＩＰから受けた超重要なものであった。

実力で自分が表の冒険者に遅れを取るとは絶対に思っていないが、作戦の成功率を上げておくのに越したことはないだろう。

自らの勝利を確信したアンジェスは、仄暗い洞窟の中で独り笑みを零すのだった。

4話　VS裏の冒険者

コボルトの案内によって、俺たちは目的の竜の巣穴に到着した。

洞窟の中はそれなりに入り組んだ作りになっていたのだが、コボルトが的確に案内をしてくれるので、俺たちは最短ルートで移動することができているようだ。

「おい……。小娘……。どうしてオレたちについてくるんだよ！」

事の成り行きにより、何故だか、アイシャも同行している。

「もちろん仕事のためよ。オッサン。言っておくけど、アタシはまだアンタのことを完全に信頼したわけじゃないからね」

アイシャの目的は、不正なドラゴンハンターを捕まえることにあるらしい。
どうやらアイシャはドラゴンの巣穴に入って、先回りをして不届きものたちを成敗(せいばい)する腹積もりのようだった。

「…………?」

俺が異変を察知したのは、そんな会話を交わしていた直後のことである。
ある地点から洞窟の中の臭(にお)いが、明確に変わっていくのが分かった。

「おい。なんだか、生臭(なまぐさ)くないか?」
「チュー!」

ダッチとレオモンも、遅れて異変に気付いたようだ。
暫(しばら)く道を進んでいくと、天井が吹き抜けの構造になった、やたらと開けた空間に到着した。

スカイドラゴン　等級Ｂ

臭いの原因となっているのが、目の前で眠っている生物であることが直ぐに分かった。

「ス、スゲー！　こ、これがドラゴン！　迫力が違うぜ！」

スカイドラゴンか。

体長は三メートルくらいあるだろうか。

以前に見かけたワイバーンよりも、一回り大きいサイズをしているな。

これだけの数のドラゴンが、一カ所に集まっている光景は、壮観である。

洞窟の中にいるドラゴンたちは、揃いも揃って、眠るように地に伏している。

どうやら全身を使って、卵を温めているようだな。

卵の幾つかは既にヒビが入っており、今にも孵化しそうな状態であった。

「おおー！　コイツはすげえ！　お宝がこんなにあるじゃねえか！」

ドラゴンの卵の存在に気付いたダッチは、意気揚々と親ドラゴンに近付こうとする。

「――――ッ!?」

けれども、次の瞬間。

ダッチの表情は、瞬く間に青ざめていく。

もの凄い殺気だ。

これほど強い殺気を受けるのは、転生してからの人生では初めてのような気がする。

「あわ……。あわあわあわ……」

ドラゴンに睨まれたダッチ&レオモンは、ガクガクと両足を震わせているようだった。

「お、おい！　ユーリ！　お前も手伝え！　卵を取って、とっとと撤収するぞ！」

窮地に陥ったダッチは、俺に助けを求めてくる。

「いや。俺はもう協力できないかな」

「なんだって!?」


この場所を訪れてハッキリとした。

親ドラゴンにとって、子供のドラゴンは、言葉では言い表せないほど大切なものだろう。

いくら相手がモンスターだといっても、勝手に卵を持ち去るような真似は許されない気がする。


「賢明な判断よ。ドラゴンは人間が思っている以上に賢い生物だから。運良くここから逃げ延びても、顔を覚えられて殺されるわ」

「…………」


アイシャの説得を受けたダッチは、あんぐりと口を開いたまま悶絶しているようだった。

おそらくドラゴンが集団で子育てに励んでいるのは、外敵から身を守るためなのだろう。

産卵期で体力が落ちているとはいっても、これだけの数のドラゴンに襲われたら、ひとたまりもない気がする。

「ぐぬっ！　ぐぬぬぬぬっ！　畜生！　せっかくの儲け話だと思ったのによぉ！」

悔しい気持ちを爆発させたダッチは、蹲ったまま地面を手で叩く。

ふう。

どうやらダッチは、素直に諦めてくれたようだな。

少しだけ胡散臭いところもあったが、やはりダッチは悪人というわけではないようだ。

しかし、残念ながら諦めていない連中もいるようだ。

囲まれているな。

どうやら俺たちが残した痕跡を追ってきたようだ。

おそらく先程、俺たちを襲ってきた連中の仲間だろう。

「よぉ。久しぶりだなぁ。アイシャ」

アンジェス・ラクオリア

種族　ヒューマ
性別　男
年齢　17

不審者の男たちの中でも一際、大柄な男が声をかけてくる。

「そう。アンタの仕業（しわざ）だったのね。アンジェス」


アンジェスと呼ばれた男は、眼帯を着けた強面（こわもて）の男であった。

どうやらアイシャの知り合いのようだ。

口振りから察するに二人の間には、何か因縁（いんねん）があるみたいだ。

その時、俺は背後から、複数人の不審者が忍び寄ってくることに気付いた。

んん？

随分（ずいぶん）とゆっくりと近付いてきているようだが、もしかして不意を衝（つ）こうとでも考えているのだろうか。

奇襲をかけるにしても、お粗末な気配の消し方である。

「動くな！　へへっ。少しでも動いたら、お仲間の命がパァだぜ！」


次に男たちの取った行動は、更に俺を驚かせるものであった。

何を思ったのか剣を向けた男たちは、意味深な台詞を口にしたのである。

改めて、自分の置かれた状況を整理してみる。


「なあ。もしかして俺は、人質に取られているのだろうか？」

「ああ？　何を寝惚けたことを言っているんだ？」

「この状況を見て分からないのか！　薄らとんかち！」


やはり俺の認識は間違っていなかったか。

驚いたな。

前世の記憶を含めて、人質に取られたことはなかったような気がするぞ。

なんというか、今までにない新鮮な気分である。

「クカカカ！　驚いたぞ。アイシャ。まさかお前がFランクのゴミクズと一緒にクエストを受けていたとはな！」

なるほど。

大まかにではあるが、だいたい話の筋は理解できた。

どうやらアンジェスは、Fランク冒険者である俺の実力を完全に侮っているようだ。

たしかに俺は常識に疎いところはあるかもしれないが、戦闘に関していうと『それなり』に戦える自負がある。

俺のことを足手纏いのお荷物だと踏んでいるのだとしたら、見込み違いも甚だしいだろう。

「残念でした。アンジェス。相手の力量を測れないなんて、アンタの実力も地に落ちたものね」

「はぁ……？　何言っているんだ。お前？」

「愚かにもアンタは、眠れる竜の尾を踏んだのよ！」

こうしてアイシャがネタばらしをした以上は、力を隠しておく理由もないだろう。

俺は手始めに、近くにいた剣を突き付けてきた男を投げ飛ばしてやることにした。

「ぎゃわ！」

軽く関節を捻ってやると、男の体は紙切れのように宙を舞っていく。

「な、なんだ！　この男!?」

「クソッ！　やっちまえ！」

Fランク冒険者だと侮っていた相手に予想外の反撃を受けて焦りを覚えたのだろう。

近くにいた男たちは、武器を手に取って集団で俺に向かって攻撃を開始する。

「あがっ」「ぐふっっ！」「ふがっ！」

だがしかし。

この程度の相手であれば、束になってかかってきたところで無意味である。

俺は軽く剣を振るって、襲い掛かってくる不審者を一網打尽にしてやることにした。

「おい！　誰かコイツを止めろ！」

どうやらアンジェスは、自分の過ちに気付いたようだ。

部下たちをけしかけて、俺の動きを止めにかかろうとしていた。

だが、もう遅い。

俺は部下を失って、丸腰になった敵将を打ち取ることにした。

「グッ……！」

「…………!?」

むむっ。

間一髪のところで、攻撃をガードされてしまったようである。

しかし、衝撃までは、殺しきれなかったようだな。

俺の攻撃を辛うじてガードしたアンジェスの体は、ゴロゴロと地面を転がり回る。

「バ、バカな……！　なんて重い斬撃なんだ……！　信じられねえ……」

どうやら敵の実力を侮っていたのは、俺も同じだったような。
このアンジェスという男は、先程まで戦っていた雑魚たちとは少し違う。
それなりに戦える人間のようだ。
今までの俺の経験からいうと、Bランク冒険者に相当する実力はありそうである。

「チッ……！　仕方がない。こうなったからには『奥の手』を使うしかないな」

追いつめられたアンジェスは、服の内ポケットから怪しげな小瓶を取り出した。
危険を察知した俺は、すかさずアナライズのスキルを発動してみる。

ナビエ草のエキス　等級D
（ナビエの草を凝縮したエキス。一部の魔物を狂暴化させる効果がある）

謎のアイテム、ナビエ草のエキスを取り出したアンジェスは、近くにいたスカイドラゴンの中でも一番大きな個体に向かって、それを投げつける。

「へへっ！　コイツはドラゴンを興奮させる特殊な薬だ！　更に！　オレの服にはドラゴンが嫌う臭いをたっぷりと染みつけてある。この意味が分かるか？」

なるほど。

大まかにではあるが、アンジェスの狙いが見えてきたぞ。

狂暴化させたスカイドラゴンを使って、この窮地を切り抜ける気か。

「お前はもう終わりだ！　Fランク野郎！」

アンジェスが叫んだ次の瞬間。

眠っていたスカイドラゴンが目を覚まし、大地が轟くような咆哮を上げる。

「グギャアアアアアアアアアアアアアアアアアアアアアアアアアアアアアアアアアアアア

アアアアアアアアアアアアアアアアアアアアアス！」

怒り狂った形相のドラゴンが俺に向かって飛び掛かってくる。

むう。

薬の効果もあってか、混乱しているようだな。

ここで目の前の敵を斬り伏せてやることは可能ではあるが、あまり気が進まない。

このドラゴンは、薬の効果で一時的に錯乱しているにすぎない。

リスクはあるが、仕方がない。

覚悟を決めた俺は、ドラゴンの攻撃を素手で受け止めてやることにした。

「ウグッ……！」

流石はドラゴン。

人間とは比較にならない破壊的なパワーである。

「ハハハー！　どうだ！　ペシャンコにしてやったぞ！」

果たしてそれはどうだろうな。
たしかに凄（すさ）まじいパワーではあったが、受け止め切れないほどではない。
俺はズルズルと後退を続けながらも、ドラゴンの攻撃を受けきることに成功する。

「バ、バカな……！　ドラゴンの攻撃を受け止めただと……!?」

さて。攻撃を受け止めた後は、説得を試みる番である。
俺は驚くアンジェスを尻目に、テイミングのスキルを活用して、ドラゴンの心に言葉を送り届けてやることにした。

（大丈夫だ。何も怖くないぞ）

おそらくコイツは、外からやってきた俺たちに怯（おび）えているだけなのだろう。
アンジェスが使った薬が、ドラゴンたちの中にあった潜在的な恐怖を増幅させたのだ。

「…………！」

俺の言葉を受けたスカイドラゴンは、たちまち正気を取り戻していく。

スカイドラゴン　等級B　状態（テイミング）

アナライズを使用して、ステータスを確認してみると、状態（テイミング）の文字が浮かび上がった。

「よし。良い子だ」
「クウウウン！」

軽く頭を撫でてやると、スカイドラゴンは信頼を寄せた声を漏らす。
この様子だと冷静になってくれたみたいだな。
ダッチから教えてもらったテイマーとしての技術が役に立った。
魔物を手懐ける術を身に着ければ、今後は無益な殺生は回避できそうである。

【スキル：テイミング（超級）を獲得しました】

その時、ステータス画面に新しい文字が浮かび上がる。
コボルトたちに加えて、スカイドラゴンを手懐けることに成功したからだろう。
どうやら俺は、テイミング（超級）のスキルを獲得しているようであった。

「よし。アイツの処分はお前に任せるよ」
「ギュアアアアアア！」

俺の命令を受けたスカイドラゴンは、アンジェスに向かって飛び掛かる。

「な、なんだよ……！　この光は……!?」

その時、俺にとっても、アンジェスにとっても、不思議なことが起こった。
スカイドラゴンの全身から、眩(まばゆ)いばかりの黄金のオーラが放たれているようであった。

もしかするとテイミング（超級）の効果がさっそく現れているのだろうか。

疑問に思った俺は、アナライズのスキルを発動してみる。

スカイドラゴン　等級B　状態（テイミング）（覚醒）

ステータス画面の欄には、新しく（覚醒）の状態が追加されていた。

覚醒、が一体どういう状態なのかは分からないが、スカイドラゴンの動きは明らかにキレ味を増しているようであった。


「うわあああ！　うわああああああああああああああああ！」


逃げ腰になりながら、剣を振るうアンジェス。

しかし、それは既に無駄な抵抗というものであった。

高速で飛び回るドラゴンを相手に攻撃を当てるのは至難の業である。

結果、アンジェスは覚醒状態のスカイドラゴンを相手にすっかりと翻弄されているようだった。

「お、おい……!?　何をするつもりだ……!?　貴様……!?」

大きな脚によって体を挟まれたアンジェスの体は、フワリと宙に浮いた。
ジタバタと手足を動かして抵抗を試みるアンジェスであったが、ドラゴンのパワーの前には成すすべのない様子であった。

「クソオオオオオオオオオオ！　離せ！　離しやがれ！」

不正なドラゴンハンターたちを裁くのは、ドラゴンたちに任せるのが一番だろう。
それから暫く（しばら）くすると、アンジェスの体は、天高くに消えて、空の青色と同化することになるのだった。

アイザワ・ユーリ
固有能力　魔帝の記憶　剣聖の記憶
スキル　剣術（超級）　火魔法（超級）　水魔法（超級）　風魔法（上級）　聖魔法（上級）

呪魔法（上級）　無属性魔法（中級）　付与魔法（上級）　テイミング（超級）　アナライズ　釣り（初級）

5話　冒険の後に

無事にドラゴンハンターたちを追い返すことに成功した俺たちは、アイシャに頼まれて洞窟の中に潜んでいた不審者たちを捕らえてやることにした。

「ふう。これで全員かしら。それにしても便利ね。アンタのスライム」
「キュー！」

捕らえた不審者たちは、ライムの粘液を使って拘束している。
アイシャに褒められたライムは満更でもなさそうな表情を浮かべていた。

「今、ギルドから応援を呼ぶので、少し待っていてね」

クライングクロウ　等級Ｆ　状態（テイミング）

暫く待機していると、一羽の鳥モンスターが空から入ってくる。

クライングクロウか。

そういえば街の中でも見たことがあるな。

どういうわけか四六時中、涙を流している小型の鳥のモンスターである。


「はい。この紙を届けて」

「ガァー！　ガァー！」


アイシャから書類を受け取ったクライングクロウは、泣き顔を晒しながらも街の方に向かって飛んでいった。

なるほど。

どうやら、このクライングクロウというモンスターは、情報の伝達役として利用されるようだな。

道理で、街中で飛んでいるのをよく見かけるわけである。

「あれ？　そういえばダッチはどこに行ったんだ？」

「……ああ、あのオッサンなら、ほら。あそこよ」

おそらくドラゴンの便所だったのだろう。

アイシャが視線を向けた先にあったのは、山積みになったドラゴンのフンであった。

「ウハハハハ！　宝だ！　ここにあるお宝は、全てオレ様のものだー！」

んん？　これは一体どういうことだろうか。

ドラゴンのフンの上をゴロゴロと転がり回ったダッチは、病的なまでにハイテンションで叫んでいるようだった。

「なあ。アイシャ。ドラゴンのフンは価値のあるアイテムなのか？」

「う～ん。たしかに、竜のフンは、栄養価が高くて良い肥料（ひりょう）になるとは聞いたことがあるけど。輸送の手間を考えると、持ち帰っても二束三文の価値しかないでしょうね」

アイシャから説明を受けた俺は、確認のためにアナライズのスキルを発動してみる。

竜のフン　等級F
（何の変哲もないただのフン）

等級はFか。

捨てるところがないといわれているドラゴンであるが、流石にフンにまでは高値は付かないようである。

「なら、どうしてダッチは喜んでいるんだろうか？」

「聞いた話だと、あのオッサン。ビジネスに失敗して、相当な借金を抱えていたそうよ。アテが外れて、頭がおかしくなっているんじゃないかしら」

「なるほど……。そうだったのか」

なんというか、少しだけ可哀想にも思えてきたな。

今回のクエストで収入が得られなかった原因は、最後の最後に俺が協力を拒んだという部分もあるのだろう。

個人的には罪悪感が残る展開になってしまった。

「ギュオオオオオオオ!」

もしかしたら、そんな俺たちの様子を見かねたのかもしれない。

先程、俺がテイミングをした一匹のドラゴンが俺たちの前に現れた。

竜の抜け殻　等級B

(竜が脱皮した後に残った皮)

ドラゴンの口元には『竜の抜け殻』が咥えられていた。

「ん?　もしかして、俺にくれるのか?」

「ギュオオオオオオオ！」

どうやら今回の騒動を収めた『謝礼』として、俺にプレゼントしてくれるようである。

「この皮、俺たちにくれるらしいぞ」

「なに……!?　それは本当か……!?」

ドラゴンの意志を伝えてやると、ダッチは目を輝かせて目の前のアイテムを調べているようだった。

「ス、スゲーぞ！　こんなに上質な竜皮は見たことがねえ！　市場に出せば、凄い値段がつくぞ！　これは！」

「俺にとっては不要なアイテムだからな。ダッチが持っていってくれよ」

「あ、ありがてぇ！　兄ちゃん！　恩に着るぜえええ！」

「………………」

感極まったダッチは、俺の胸の中に飛び込んでくる。

うげ。なんという臭いだ。

ドラゴンのフンにまみれたダッチに抱き着かれるのは、迷惑過ぎる展開である。

「やったぞ！　レオモン！　こ、これで借金が返せるー！」

「チュー！」


ふう。

どうやらダッチにも色々と事情があったみたいである。

やはりあそこでドラゴンの卵を奪わなかったのは正解だったな。

世の中は案外、良いことをすると返ってくるようにできているのかもしれない。


～～～～～～～～～～～～～～～～


でだ。

街に戻った俺は、ギルドに今回の事件について報告することにした。

どうやらアンジェスが率いる悪人たちは、ギルドの中でも相当に問題視をされていたらしい。

悪人たちを突き出してやると、ギルドの職員たちから、想像以上に感謝されることになった。

「はい。これ。今回のクエストを手伝ってくれたお礼よ。クエスト報酬の半分を入れておいたわ」

アイシャから受け取った麻袋には、金貨と銀貨がギッシリと詰まっている。

流石はBランク冒険者だ。

俺が普段、受けているクエストとは桁違いの報酬額である。

「いいのか？　こんなに貰って」

「当然でしょ。今回のクエストは実質、アンタ一人で解決したようなものだしね」

やはり世の中というのは、良いことをすると返ってくるものなのだな。

別に狙ったわけではないのだが、ダッチとアイシャの二人から二重に報酬を受け取ることになってしまった。

「それじゃあ、アタシはもう行くから」

報酬を渡したアイシャは、ツンと澄ました表情で俺の元から立ち去っていく。

「なあ。最後に一つだけ、聞いてもよいか？」

アイシャを呼び止めた俺は、前々から気になっていた疑問をぶつけてみることにした。

「……なにかしら？」

「アンジェスのことだ。もしかしたらアイシャは何か知っていたんじゃないか？」

「…………」

俺の、思い過ごしだろうか？

質問を受けたアイシャは、どこか複雑そうな表情を浮かべていた。

「そうね。良い機会だし、昔話をしようかしら」

暫く悩んだアイシャはポツリと口を開く。

それから。

アイシャは今回の騒動の黒幕であった、アンジェスという男について事細かく語ってくれた。

「あの男は、アタシの同期の冒険者だったのよ。あれでも昔は、若手の有望株として仲間たちから慕われていたことがあったの」

ふむ。

同期ということは、同じ時期に試験を受けてライセンスを獲得したということか。

つまりは俺とフィルのような関係である。

「アイツが変わってしまった原因は、少なからずアタシが関係しているのよ」

曰く。

どうやらアイシャとアンジャスは、新人の頃、共にライバル関係にあったらしい。

年齢も、性別も異なる二人であるが、共に異例のスピードでCランクに昇進して、切磋琢磨していたのだとか。

「アイツが変わったのは、アタシがBランク冒険者に昇格してからよ。年下のアタシに抜かされたことが相当、堪えたのでしょうね。焦ったアイツは、結果欲しさに悪事を働くことになったの」

プライドの高いアンジェスにとって、自分より年下の少女に先を越されることは、許せないことだったのだろう。

それから。

アンジェスは、少しでも功績を残すために立ち入り禁止区域に入ったり、後輩たちの手柄を横取りするようになったりしたらしい。

しかし、アンジェスの悪行は、長くは続かなかった。

ギルドからライセンスを剝奪されたアンジェスは、街を追われることになったのだ。

「ギルドを追放されてからは、アンタも知っての通りよ。ほんと、救えないバカね」

どこか憂いを帯びた眼差しでアイシャは言った。

「ねえ。ユーリ。悪の道に堕ちた冒険者が、最終的にどこに辿り着くか知っているかしら？」

「いや。知らないな」

「……裏ギルド。ライセンスを剝奪された冒険者の多くは、犯罪組織に所属して、更に悪い連中に使い潰されることになるのよ」

この『裏ギルド』とは正規のギルドでは到底、受け付けないような犯罪行為を生業としている組織のことらしい。

この組織を牛耳っているのは、闇の魔族であり、一度でも裏の世界に入ってしまうと、絶対に元の暮らしに戻ることができないのだとか。

「ねえ。ユーリ。アンタはとても強いわ。そこは認めてあげる」

何か含みのある言い方でアイシャは続ける。

「でも、アンタと一緒にいると時々、生まれたての赤子を見ているような気持ちになるの。実力はA級でも、アンタの精神はFランクよ！」

なかなか、手厳しい指摘をしてくれる。

たしかに俺の精神年齢は外見に比べて、幼く見えるところがあるのかもしれない。

なんといっても、俺はこの世界に転生してから、半年くらいしか生活していないからな。

前世の記憶が混じることによって、知識が偏り、精神的にアンバランスになっている部分があるのだろう。

「私は今、出来損ないの子供を持った母親の気分よ」

母親の気分とは飛躍した表現である。

外見から判断すると、どこからどう見てもアイシャの方が年下なのだけどな。

「いいこと？　来週は月に一度の研修会よ！　絶対に参加しなさい！　アンタの精神を鍛えてあげるから！」

研修会か。そういえば最初にアイシャに出会ったのは、研修会だったよな。
あの日からもう一カ月が経つのか。
頼りになる先輩を持つことができて何よりのようである。

～～～～～～～～～～～～～～～

一方、その頃。
ここはユーリたちが訪れた竜の谷（ドラゴンバレー）から1キロほど離れた場所にある雑木林の中である。

「ヂ、ヂクショウ……。どうしてオレがこんな目に……」

ドラゴンに摑（つか）まれて、遥（はる）か上空から落とされることになったアンジェスは、木の枝の上で蔓（つる）に絡まりながら満身創痍（まんしんそうい）の様相を呈していた。

木の枝に落下したのは、不幸中の幸いであった。

もしも地面に叩きつけられていたら、確実に即死していただろう。

「クソッ！　あの男だ！　あのFランク野郎さえいなければ今頃は……！」

その時、アンジェスの脳裏を過ったのは、見たことのない速さで攻撃を繰り出すユーリの姿であった。

冒険者として長年のキャリアを積んできたアンジェスであったが、未だかつて、これほどまでに強大な力を持った人間に出会ったことがなかった。

少なく見積もっても敵の力はBランク？　否。

Aランクの冒険者が小物に見えるほどの潜在能力があるように思えた。

「畜生！　とにかく、少しでも早くだ。態勢を立て直して、竜の心臓を手に入れなければ……」

任務の失敗は、即ち、死に直結する。

今回の依頼は、アンジェスにとって絶対に失敗できないものであったのだ。

「…………！」

不意にアンジェスの背筋に悪寒が走った。

依頼人である『あの人』が近くに迫ってきていることに気付いたのは、それから直ぐのことであった。

「ふふふ。随分と苦戦をしているようですね。ワタシの助けが必要ですか？」

「あっ……。あああ……」

男の姿を目の当たりにしたアンジェスは、恐怖で体を震わせた。

今回の仕事の依頼主は、裏の世界の頂点に君臨するナンバーズの人間だったのだ。

「ギ、ギリーさん」

その男、ギリーは強者揃いのナンバーズの中でも一目置かれた魔族であった。

裏の世界の住人たちにとって、ナンバーズという組織は別格の存在である。

アンジェスがナンバーズについて知っている情報は、ごくごく限られたものである。

唯一、確実に分かることは、彼らが、長年に渡り、『裏ギルド』を展開しており、この世界を裏から牛耳っている、ということだけであった。


「…………！」


突如として、男はアンジェスの額を指で小突いた。

まるで意図が分からない行動だった。

しかし、次に男の放った言葉はアンジェスを驚愕させるものであった。

「なるほど。アイザワ・ユーリというのですか。貴方を倒した冒険者の名前は」

「…………!?」


一体、何故？　どうやってその名前を知ることができたのか。

頭から直接記憶を吸い取られたとしか思えない出来事にアンジェスは、恐怖することしかできなかった。

「わ、悪かった。例のアイテムなら直ぐに納品する。だ、だから……。命だけは助けてくれ！」

ナンバーズが依頼する任務は全て、超高額な報酬が用意されている反面、失敗すると、依頼人の手によって抹殺されるリスクが内包されていた。

だからこそアンジェスは、今回の『竜の心臓』の獲得という任務に全力を以て取り組んでいたのである。

「いいえ。気が変わりました。アイテムの納品は結構です」

冷たく呟いたギリーは、アンジェスの体にドス黒いエネルギーを流し込む。

刹那、アンジェスの体は、赤黒く膨張していく。

「グッ。グガガ！」

断末魔の叫びを残したアンジェスの体は、瞬く間のうちに魔物の形状に変化していく。

その全長は優に三メートルは超えているだろう。

「グガアアアアアアアアアアアアアアアアアアアアアアアアス！」

生まれ変わったアンジェスは一匹の悪鬼となって、咆哮を上げる。

（ふふふ。予想外の収穫です。まさか弟の命を奪った宿敵をこんなにも早く見つけることができるとはね）

薄暗い林の中で、ギリーは独り、微笑むのだった。

６話　ゴミ拾いクエスト

チュンチュンチュン。

耳を澄ませば、窓の外から小鳥たちが囀る声が聞こえてくる。

とある日の朝。

いつものようにギルド近くの宿で一夜を過ごした俺は、部屋の中でのんびりと睡眠をとっていた。

「……さん。……ユーリさん」

ゆらゆらと体が揺れる。揺すられる。

誰だろう。こんな朝早くから。

何やら聞いたことのある、馴染みのある声である。

「ユーリさ～ん！　起きていますか～！」

フィル・アーネット
種族　ヒューマ
性別　女
年齢　15

声のした方に視線を移すと、そこにいたのは髪の両サイドを縛ったツインテールが印象的な女だった。

彼女の名前はフィル。

俺にとって何かと縁のある、同期の冒険者である。


「ん。どうしたんだ？　こんな朝から」

「どうしたんだ？　じゃ、ありませんよ！　ユーリさん。今日は新人研修の日だって、前から言っていたじゃないですか！」

「…………！」

そうだった。思い出した。

今日の研修会には、絶対に参加するようにと以前にアイシャから忠告を受けたばかりだったな。

何かと忘れっぽいところが俺の欠点だ。

おそらく、幾つかの前世の記憶が交じり合った結果、こういう性格になってしまったのだろう。

「……それにしても驚きましたよ。随分と大きい宿に引っ越したんですね」

俺の泊まっている部屋をキョロキョロと見渡したフィルは、少しだけ羨ましそうな声を漏らしていた。

「ああ。ちょっとした臨時収入が入ったからな。思い切って、引っ越してみたんだ」

どうやら『竜の抜け殻』というのは、俺が思っていた以上に高価なものだったらしいな。

その時、俺は前にダッチと会った時のことを思い出していた。

『いいのか？　こんなに貰って？』

『へへっ。兄ちゃんには色々と世話になったからな。少し色をつけさせてもらったわけよ』

ダッチから受け取った個人クエストの報酬は、当初の予定の数倍にも達するものであった。

これにプラスして、アイシャからも報酬を受け取っていたこともあり、懐事情は潤っている。

だからこそ俺は、新しい宿に引っ越すことを決めたのだった。

「あれ……？　ライムちゃんはどこにいるんですか？」

「そういえば朝から見ていないな。隣の部屋にいるんじゃないか？」

どうやらライムは、隣の部屋にいるみたいである。

今まではこういうことはなかったのだが、広い宿というのも不便なところがあるようだ。

「ライムちゃ〜ん！　起きていますか〜！」

　どうやらフィルはライムと会うのを楽しみにしていたようだ。

　上機嫌にステップを踏んだフィルは、隣の部屋の扉を開く。

「ぎにゃああ！」

　大きな声を出したフィルは、その場で尻餅をつく。

「な、なんなんですかー！　この子たちはー!?」

「「バウッ！　バウバウッ！」」

　隣の部屋に居候していた大勢のコボルトを目の当たりにしたフィルは、度肝を抜かれているようであった。

ああ。そうそう。

産卵期に入ったドラゴンたちに居場所を追われたコボルトたちは、一時的に俺が借りている宿に泊めてやることにしたのだ。

彼らを泊めてやるには、広い部屋が必要である。

コボルトたちの保護は、今回の引っ越しを決めた理由の一つだった。

「バウッ！　バウウウンッ〜！」

「わあっ！」

コボルトたちの中でも一際、人懐っこいワンキチが果敢にフィルの胸の中に飛び込んでいく。

フィルのやつ、よほどワンキチに懐かれたみたいだな。

尻尾を大きく振ったワンキチは、フィルの顔面をペロペロと嬉しそうに舐め回していた。

「ユーリさん……。タスケ……。タスケテ……」

見知らぬモンスターに押し倒されることになったフィルは、恐怖の表情で俺に助けを求めるのであった。

〰〰〰〰〰〰〰〰〰〰〰

でだ。


早朝からフィルと合流した俺は、ギルドが管理している空き地にまで足を延ばしていた。

この場所は、前回の研修でも訪れた使い勝手の良い訓練スペースである。

前回の研修でアイシャに打ちのめされたことが、よほど堪えたのだろうか。

指定された場所に行くと、既に俺たち以外に四人の冒険者が待機しているようであった。


「おはよう。愚民ども。今月も、偉大なるアイシャ先輩が来てあげたわよ」


約束の時間ピッタリに講師役の少女が現れた。

相変わらず、態度が大きい奴だが、その実力は折り紙付きである。

なんといってもアイシャは、若くして、この街に十人しかいないといわれているBランク冒険者に数えられるくらいだからな。

「ふーん。感心、感心。もう全員揃っているみたいね」

アイシャは俺たち六人の姿を確認するなり意味深に呟いた。

んん？　何か変だぞ。

前に参加した時は、もっと賑やかな感じだったと記憶しているのだが……。

今回の講習会はやけに閑散としているようだ。

「ま、待ってくれよ……？　これで全員だって……!?」

研修に参加していた男の一人が、疑問の声を上げる。

「どういうことだよ！　おい！　前に参加した時は、たしか、十人くらいはいたはずじゃねえか！」

男の言葉に同意である。

俺の記憶が正しければ、前回の研修に参加したメンバーは、十人くらいだったはずだ。

「ああ。それなんだけどね。この一カ月で死者が三人。自主的にライセンスを返納しに来た奴が一人出たという話よ」

「「「…………!?」」」

俺たちの間に緊張が走る。

驚いたな。

前回の研修を行ったのは、今から一カ月前の話である。

つまりは、この短期間に、半分近くの新人冒険者が既に脱落したということか。

「まあ、新人が一カ月で半分も残れば上出来よ。アタシの授業が良かったからじゃない？　感謝しなさいよ」

さもそれが当然のことのようにアイシャは言った。

なるほど。

どうやら脱落者が出るのは、珍しいことではないみたいである。

「どう？　これで分かったかしら？　冒険者の仕事は、アンタたちが思っているような、甘ったるいものではないのよ。生き残りたければ、これからも研修に参加して、アタシの言葉に従うことね」

「「「………………」」」

半数近い脱落者の数を知り、ショックを受けたのだろう。

前回の研修ではアイシャに対して、逆らう人間も多かったのだが、今となってはすっかりと大人しくなっているようだった。

「分かった。お前の指示に従う。それでオレたちは一体、何をすればいい？」

「ふふん。ようやくマシな顔つきになってきたのね」

ピコピコと上機嫌にツインテールを動かしたアイシャは、持ってきていた巨大な袋を掲げて高らかに宣言する。

「アタシから与える課題はコレよ！」

そう言ってアイシャが巨大な袋の中から取り出したのは、一回り小さなサイズの袋であった。
袋の中から袋が出てきたぞ。これは一体どういうことだろうか？

「今回の研修でやることはゴミ拾いよ！　この街から、ゴミというゴミが消えるまでピカピカにしてもらうから！」

流石にこれは予想外である。
なんだか意外すぎる言葉が返ってきたぞ。

「ゴ、ゴミ拾いだとぉ!?　畜生！　バカにしやがって！」

その場にいた男の一人が逆上して、今にも摑みかかりそうな勢いで前に出る。

「それが一体、冒険者の仕事とどういう関係があるんだよ⁉」

男の疑問は当然である。
かくいう俺も、ゴミ拾いという研修内容には、首を傾げる部分があったのだ。

「やってみれば分かるわ。やらなければ一生分からないでしょうけど」

いつになく真剣な口調でアイシャは言った。

「ウグッ……。グッ……」

結局、アイシャのこの一言が決め手となった。
色々と疑問は尽きないが、仕方がない。
ここは先輩冒険者のアイシャの指示に従っておいた方が良さそうである。

〜〜〜〜〜〜〜〜〜〜〜〜〜〜〜〜

それから。

アイシャから『ゴミ拾い』を指示された俺たちは、それぞれ街に散らばって、街の清掃に乗り出すことにした。

『いいこと！　各自、最低でもそのゴミ袋が満杯になるまでは、絶対に帰ってきたらダメだからね！』

アイシャは簡単そうに言ってくれたが、なかなかにハードルの高い注文である。

俺たちに与えられたゴミ袋は、子供一人が余裕で入れるくらいに巨大なものであった。

街に落ちているゴミは、決して少なくはないものの、満杯まで集めるのは相当に骨が折れそうな作業である。

「畜生！　ゴミなんて、どうやって集めれば良いんだよ！」

「こんな作業！　面倒でやっていられねえよ！」

おそらく考えていることは、他の冒険者たちも同じなのだろう。

ゴミ袋を抱えた冒険者たちは、どうしたものかと立ち尽くしているようであった。

「えっほ！　えっほ！」

さて。どうすれば良いのか戸惑っている冒険者たちとは対照的に、着々と作業を進めているのはフィルであった。

中腰になって、小気味の良い掛け声と共にフィルは、猛烈な勢いでゴミを集めているようであった。

「凄いな。フィル。もう、こんなに集まったのか」

俺も頑張ってはいるのだが、フィルの半分くらいしか集められていない。

他の冒険者たちに関していうと、更に俺の半分未満という散々な状況であった。

「ふふふ！　私は、子供の頃から畑仕事で足腰を鍛えていましたからね！　これくらいは朝飯前なんです！」

得意気な表情を浮かべながら、フィルはピースサインを作る。

なるほど。

他の冒険者たちに比べて、フィルの身体能力が高かったのは、生まれ育った環境が関係しているのかもしれない。

俺もフィルに負けないように頑張って、ゴミ拾いを続けていくことにしよう。

～～～～～～～～～～～～～

でだ。

ゴミ拾いを始めてから四時間くらいが経過していた。

最初は途方もない作業量かと思っていたのだが、何事もコツコツと努力をすれば終わりが来るものなのかもしれない。

俺はというと、既に八割程度の作業を進捗していた。

「凄いじゃないですか！　ユーリさん！　もう少しで目標達成ですね！」

「ああ。正直、自分でも驚いているよ」

今回の仕事をしていて思ったことは、俺が考えていた以上に、この街はゴミで溢れているということであった。

一体、誰が？

どうして街にゴミを捨てていくのか？

作業を続けていくうちに俺の胸の中には、フツフツと疑問が湧き上がるようになっていた。

「ふーん。アナタたち二人だけのようね。期限までにノルマを達成できそうなのは」

アイシャが俺たちの前に現れたのは、作業が九割に達成した時のことであった。

「どう？　調子の方は？　何か分かったことがあったかしら？」

「ああ。とにかく、ゴミ拾いが大変な仕事だということが分かったよ」

俺たちが快適に生活できていたのは、ゴミ拾いをしてくれている人のおかげだったのだろう。

フィル曰く。

冒険者ギルドでは定期的に『ゴミ拾いクエスト』が募集されることもあるらしいのだが、それとは関係なく有志で集まって街のゴミ拾いをすることもあるそうだ。

「まずまず。50点というところかしら。その解答だと半分の点数しかあげられないわね」

「なら、残りの50点はなんなんだ？」

俺の質問を待っていたのか、アイシャは小さな胸を張ってビシリと指をさす。

「いいこと！　ユーリ！　世の中には二種類の人間がいるのよ。ゴミを捨てる人間と拾う人間よ！」

「…………!?」

言われてみれば、納得である。

街中に捨てられたゴミをいつまでも放置しておくわけにはいかない。

つまりは誰かが、心なくゴミを捨てた人間の尻拭い（しりぬぐい）をしているのだろう。

「冒険者として長生きするには、正しい倫理観（りんりかん）を身に着けなければならないわ！　今のユーリには足りていない部分よ」

「倫理観か。いまいちピンとこないな……」

「難しく考えることはないわ。大切なのは、常にゴミを拾う側の立場の人間になることなのよ！」

「……！　そうか。そういう風に考えれば良いのか」

倫理観、というと難しく聞こえるかもしれないが、ゴミ拾いに置き換えるとシンプルに考えられる。

ゴミを拾う立場の人間になれ、か。

良い言葉なので、胸の中に刻んでおくとしよう。

その時、不意に俺の脳裏（のうり）を過（よぎ）ったのは、優れた才能を持ちながらも悪の道に走ったアンジェスの姿であった。

自分の利益のみを追求して他者を蔑ろにすれば、どこかで痛い目に遭うことになる。

おそらく、今回のゴミ拾いの試練は、アンジェスのようになるな、という忠告なのだろう。

「その気持ちが大切よ。一生懸命、仕事に打ち込んでいれば、救いの手を差し伸べる人間が現れるんだから！」

アイシャの言葉は、俺にとって腑に落ちるものであった。

実際、俺が冒険者として、やってこられているのは、周りの仲間たちに助けられている部分が大きい。

もしも俺が性根の腐った極悪人だったら、周囲の人間も、手を貸してはくれなかっただろう。

「わ！　見てください！　ユーリさん！　あっちに沢山ゴミが落ちているみたいですよ！」

そう言ってフィルが指さした先にあったのは、仕事帰りの冒険者たちが集まっている休憩所であった。

休憩所では、葉巻のタバコを吸っている冒険者が屯（たむろ）している。

たしかにゴミが沢山落ちているようだな。

これだけのゴミがあれば、俺の目標は達成できそうである。


「んぎゃっ！」


突如としてフィルが、カエルの潰れたような悲鳴を上げる。

どうやらゴミを拾いに行こうとした時、男たちにぶつかったようだ。

「チッ。うぜぇガキだな。気を付けて歩けよ」

「す、すみません」

人相の悪い男たちだ。

どうやら男たちは歩きながら、タバコを吸っていたらしい。

「で。その姉ちゃんたちがオレに言ったんだよ。これ以上は、もう飲めませんって」

「ギャハハハ！　それマジ？　いくらなんでも酷過ぎるだろ〜！」

何事もなかったかのように会話を続ける男たちは、俺たちの前から立ち去っていく。

その時、俺は男たちが次々にタバコを道端に放り投げていく瞬間を見逃さなかった。

「おい」

流石に腹が立ってくるな。

こうやって、目の前でゴミを捨てられると。

俺は立ち去ろうとする男の肩を掴んで、呼び止めた。

「あん？」

振り返った男は、露骨に不機嫌そうな表情を浮かべている。

「自分で出したゴミくらい自分で片づけたらどうなんだ？」

「なんだぁ？　てめぇ？　オレたちに何か文句があるっていうのか？」


文句ならある。

こういう自己中心的な輩がいるから、街からゴミが消えることがないんだ。

この男たちが捨てたゴミは、他の誰かが片付けなければならないのだ。

アイシャの言葉を借りるならコイツらは、『ゴミを捨てる側』の人間なのだろう。


「お前のような底辺に仕事をやるって言ってんだよ！　感謝しろよ！　ギャハハハハハハハハハハハハ！」

「ゴミ拾いしか能がない芋掘りランクが！　有り難くオレたちからの施しを受け取れよ！」


口汚い言葉を吐いた男の一人が、畳みかけるようにして吸いかけのタバコを道端に捨てる。

なるほど。

おそらく男たちは、俺たちのことをゴミ拾いのクエストを行っている冒険者だと考えて見下しているのだろう。

「なあ。アイシャ」

「ん？　なにかしら？」

「ゴミ掃除っていうのは、あの手の人間も含めていいのか？」

「ユーリ。大切なことは自分で判断することよ。貴方の中の正義に任せるわ」

「…………！」


そうだよな。アイシャの言う通りだ。

大切なのは、己の正義に従って行動することだ。

ゴミを拾う側の人間になれ、というのは、あくまで単純な例に過ぎない。

誰かに判断を委ねるというのも論外だ。

今回の研修は、自分の中の『正義の指針』を持つことの重要性を伝えたかったのだろう。


「おい！　何をゴチャゴチャ言っているんだ！　コラ！」

俺たちの会話の一部が聞こえていたのだろう。

怒りの形相を浮かべた男の一人が、俺に摑みかかってくる。

「ぬおっ！」

覚悟を決めた俺は、相手の力を利用する要領で男の体を投げ飛ばしてやる。

「クソッ！　やっちまえ！」

結局、俺の取った反撃の行動が開戦の合図となったようだ。

さてさて。どうしたものか。

相手の力量から察するに、この場を切り抜けることは難しくないだろう。

ここは戦い方を工夫（くふう）して、この男たちが二度とタバコを道端に捨てられないようにトラウマを植え付けてやるのが良いかもしれない。

「発火（ファイア）！」

そこで俺が使用したのは、火属性初級魔法の発火であった。

威力が控えめな発火の魔法は、戦闘向きではなく、生活魔法に分類されるものである。

「グワァアアア！　あ、熱い！」

「髪があああ！　髪がああああ！」

狙ったのは、男たちの髪の毛の部分である。

さながらそれは人間タバコといったところだろうか。

髪の毛を燃やして、煙を立ち上げる男たちの姿は、周囲に捨てられたタバコに酷似したものであった。

「風撃弾！」

続けて俺が使用したのは、風属性の中級魔法の風撃弾であった。

シュオオオン！

ドガガアアアアアアアアアアアアアアアアアアアアアアアアアアアアアアアアアアアアアア

アアアアアアアンン！

俺が飛ばした風の爆弾は、男たちの体に接触した瞬間に爆発。
周囲に猛烈な風の渦を発生させていく。

「ぎゃあっ！」「ぐがあっ！」「ふごあっ！」

よしっ。狙い通り、上手く飛んでいったみたいだな。
風によって吹き飛んでいった男たちの体は、ゴミ箱の中に入っていくことになる。

「これに懲りたら、タバコのポイ捨ては止めることだな」

ひっくり返ってゴミ箱の中に入った男たちに向けて俺は、注意喚起を促すのだった。

～～～～～～～～～～～～～～～

一方、その頃。

ここはリデイアルの街外れにある廃墟の中である。

かつては難攻不落のダンジョンとして栄えたこの場所は、冒険者によって踏破(とうは)されて以降、人間たちが寄り付かない秘境の場所となっていた。

このクリア済みダンジョンの隠し部屋を《ナンバーズ》がアジトとして、秘密裏(り)に利用するようになっていた。


「バカな……！　ナンバー【230】がやられただと……!?」


部下からの報告を受けて、アジトの中で戸惑いの声を漏(も)らす男の名前は、モダリスと言った。

頭から羊の角(つの)を生やした原種の魔族である。

この男、モダリスはナンバーズのリデイアル支部の局長を務めていた。


「真の話か？　奴は鬼人族(きじんぞく)！　魔族の中でも、上位の実力を持った猛者(もさ)であるぞ！」

以前にユーリが戦った鬼人の魔族、ザークは総勢999人の猛者が所属しているナンバーズの中でも上位の実力を持った男である。

一介の人間にどうこうできるようなレベルの相手ではなかったはずであった。

「はい。現場に残った痕跡を分析したところ、ザークが育成していた邪竜ごと斬り伏せられておりました」

「…………」

俄には信じ難い話である。

鬼人族には他の低級魔族にはない『魔物を操る力』が備わっているのだ。

アイザワ・ユーリという少年がいかにして、ナンバーズの上位者たちを上回る実力を身に着けたのかは定かではない。

けれども、これまでの損害を考えると無視できない存在になっていた。

「なあ。お頭！　次はオレに！　オレに行かせてくれよ！」

「ウヒョヒョヒョヒョ。人間ごとき……。オレ様が本気を出せば一捻りだぜ！」

続々と参戦を表明したのは、900番台の組織の末端の戦闘員であった。

弱い犬ほど良く吠えるとは、このことだ。

230番のザークが倒された以上、500番以降の雑魚では話にならない。

アイザワ・ユーリを打ち倒すには、今までにない戦力が必要であった。


「頭。ここはワタシにお任せ下さい」

その男は誰に気付かれることもなく、颯爽とアジトの中に現れた。

「ギリー。帰っていたのか」


その男、ギリーはナンバーズの中でも周囲から一目を置かれている存在であった。

普段は任務で王都に赴任しているため、リデイアルにいることは滅多にない。

若くして二桁ナンバーの地位を獲得したギリーは、出世頭として、リデイアルでは名の知れた魔族であった。

「おお！　ギリーさん！　ギリーさんじゃないか！」

「二桁ナンバーのギリーさんが動いてくれるっていうなら安心だ！」

予想外のゲストの登場を受けて、会場のボルテージは最高潮に達していた。

「ギリー。何か策はあるのか？　あの、ザークが敗北したのだ。アイザワ・ユーリとかいう人間は油断ならないぞ」

ギリーに限って人間に遅れを取ることはないはずだが、用心するに越したことはない。

次に人員を失えば、局長であるモダリスの責任を問われる問題になってくるからだ。

「ふふふ。簡単なことです」

実のところ、ギリーは既にユーリ攻略のための布石を打っていたのだ。

同じ鬼人族で弟分のように可愛(かわい)がっていたザークを打ち倒したユーリは、ギリーにとっても到底許しておけない存在であった。

「人間は人間同士で争わせるのが一番なのですよ」

上司の質問を受けたギリーは、意味深な言葉を呟(つぶや)くのであった。

７話　鬼退治

それから。

俺がゴミ拾いの研修を受けてから数日が過ぎた。

いつものように冒険者ギルドに行って仕事を探そうとしていたところ、いつもと少し様子が違うところを発見する。

「おい！　お前、受けてみろよ？」

「いいや。今回ばかりは、どんなに大金を積まれてもごめんだね。命あっての物種さ」

一体なんの話だろう？

人ごみを掻き分けて掲示板の内容を確認してみる。

☆討伐系クエスト

●オーガの討伐
必要QR：要相談
成功条件：オーガを一匹討伐すること。
成功報酬：20000ギル
繰り返し：可

そこに書かれていたのは、何やら見慣れないモンスターの討伐依頼であった。

気になるな。

この討伐依頼は日替わりになっているのだが、ウルフとゴブリンの討伐依頼が七割を占めている。

オーガというモンスターが、討伐依頼に出ているのは初めて見るな。

☆特殊クエスト

●オーガキングの討伐
必要ＱＲ：Ａ
成功条件：オーガキングを一匹討伐すること。
成功報酬：２０００００００ギル
繰り返し：不可

更に驚いたのが、このオーガキングの討伐クエストの存在である。

必要な冒険者ランクはＡか。

この街に十人しかいないＢランクの冒険者ですら受けることができないとは、凄い条件である。

Ｆランクの俺には、まったく縁のない話だな。

成功報酬に関しても破格の一言に尽きる。

２０００００００ギルか。

今の俺には想像もできないような天文学的な数字である。

「なあ。そのオーガっていうモンスターはそんなに強いのか？」

色々と気になったので、俺は近くにいる男たちに聞いてみることにした。

「なんだよ。兄ちゃんはオーガを知らねえのか？」

「ああ。実は最近、冒険者になったばかりなんだ」

素直に事情を口にすると、男たちは熱の籠もった口調で説明をしてくれる。

「オーガっていうと、最近だと冒険者に最も恐れられているモンスターだぞ。とにかく狂暴で好戦的！　普通の人間じゃ太刀打ちできないパワーが有名だ！」

「ランクはC級。更に恐ろしいことに限りなくB級に近いC級っていう話だぜ！」

そうだったのか。

たしかにC級というと、今まで俺が戦ってきたモンスターたちの中でも割と上位に位置する強さである。

頑張れば倒せないことはないだろうが、他の討伐クエストと比べると苦労することは多そうである。

「じゃあ、この、オーガキングっていうのは？」

「ソイツに関しては、あまり情報が出回ってこないので分からないな」

「だが、知っているか？　隣街にいるＡランク冒険者が討伐に向かったが、返り討ちにされたって聞いたぜ。まったく、おっかねえよな」

なるほど。

冒険者たちに恐れられているオーガと正体不明のオーガキングか。

久しぶりにワクワクするようなクエストに巡り合えた気がする。

「よし。じゃあ、今回はオーガの討伐に行ってみるか」

「キュー！」

ライムも賛成のようである。

ウルフとゴブリンが落とす魔石は、ライムも食べ飽きているようだからな。

居候（いそうろう）として養っているコボルトたちの食費を稼（かせ）ぐためにも、割の良い仕事を受けておきたいと思っていたところだったのだ。

「…………？」

ギルドから出ようとしたその時、俺は入口の近くに見慣れた人間を発見する。
フィルだ。
どうやらフィルは、俺と同じオーガの討伐クエストを受けるつもりでいるようだ。
フィルの手元にはオーガの手配書が握られていた。

「おい」
「ふあっ！」

背後から声をかけると、フィルは体をビクリと震わせていた。

「な、なんだ！　ユーリさんじゃないですか！　ビックリさせないで下さいよ」

「ああ。すまなかった」

俺としては全く驚かせるつもりはなかったのだが、小心者のフィルには刺激が強すぎたらしい。

「意外だな。てっきり、フィルはこういう危険なクエストを避けるタイプだと思っていたのだが」

「…………」

短い付き合いではあるが、フィルの性格は知っているつもりである。

フィルは冒険者としては珍しく、相当な慎重派である。

本来の実力はＤ級くらいには相当すると思うのだが、今現在メインで受けているのはＦランクの薬草採取系のクエストばかりである。

もっとも、別にそれは悪いことではない。

自分の実力を過大に評価してリスクの高いクエストを受けるよりは、遥かにマシというものである。

「ううっ。私にだって、色々と事情があるんですよ！　放っておいて下さい！」


突き放すように言い残したフィルは、冒険者ギルドを後にする。

どうやら他人には踏み込まれたくない、何か特別な事情があるようだ。

フィルが一人でオーガ討伐クエストを達成できるのかは心配なところでもあるが、俺たちは各々（おのおの）で考えて行動する冒険者なのだ。

あまり過度に干渉するのも考えものである。

そうだな。

今回のクエストは、やはり俺一人で行ってみるのが良いだろう。


～～～～～～～～～～～～～～～


でだ。

オーガの討伐クエストを受注した俺は、目的地であるモイロネの村を目指すために馬車乗り場に移動していた。

ライム（コカトリス変身モード）に頼んで移動しても良かったのだが、初めて行く村ということで迷子になる心配もある。

少し時間はかかるかもしれないが、ここは馬車を使って行くのが確実な方法だろう。


「「あ」」

馬車乗り場に到着すると、見知った人間が待機しているようであった。


「奇遇ですね。ユーリさん」

「奇遇だな。フィル」


そういえばクエストの依頼書に書いてあったな。

どうやら今回のクエストの目的地であるモイロネの村は、一日に一本しか馬車が出ていないらしい。

つまりは相当なド田舎(いなか)である。

ガタガタガタ。

そうこうしているうちに馬車が、砂利(じゃり)を巻き上げながら俺たちの前に到着したようだ。

「なんだ。今日は二人も客がいるのかい」

窓から顔を出して御者の男たちは、煙たそうに俺たちの方を見つめていた。

「おい！　兄ちゃんたち、乗るなら早くしてくれよ！　こっちも後がつかえているんだ！」

「「…………」」

困ったな。

今回のクエストは俺一人で参加するつもりだったのだが、そういうわけにもいかなくなってしまった。

御者が急(せ)かしてきたこともあり、俺たちは同じ馬車に乗り込んでいくのだった。

〜〜〜〜〜〜〜〜〜〜〜〜〜〜

車輪が荒れた地面を乗り上げる度、ガタガタと小気味の良い音を立てていく。
どうやらモイロネの村は、今までに俺があまり行ったことのない南の方角にあるようだ。
馬車は海岸線の道を走り、俺を知らない土地に運んでいく。

「なあ。どうしてフィルは、今回のクエストを受けようと思ったんだ？」

時間を持て余したので、俺は前々から気になっていたことを尋ねてみることにした。

「……実を言いますと、モイロネの村は、私の故郷なのですよ」

暫く返事を待っていると、フィルは何処か気まずそうな面持ちで答えてくれた。
そうだったのか。
たしかフィルの故郷は、かなりの田舎だと聞いたことがある。
馬車が一日に一本しか出ていないとは、確かにかなりの田舎だな。

「危険なクエストだということは百も承知です。けれど、村にオーガが出現していると分かったら居ても立っても居られなくて」

なるほど。

どうして慎重派のフィルが危険なクエストを受けるのか疑問に思っていたのだが、理由がハッキリしたな。

オーガというと、屈強な冒険者たちが恐れるほどの凶悪なモンスターだ。

そんなモンスターが沸いていると分かれば、故郷のことが心配になるのだろう。

「ウチの村は何故か、昔からオーガが湧きやすい地域みたいなのです。オーガが出回っている時は、村の外に出てはいけないと昔、オババから聞いたことがありました」

「そうだったのか」

俺たちの住んでいるリデイアルは、周囲に弱い魔物しか湧かないので大きな違いである。

もっとも、強力なモンスターが現れない地域だからこそ、多くの人間たちが集まるようになったのかもしれないな。

「最初に断っておきますと、ウチは色々と普通じゃないところが多いですから。ユーリさんも覚悟しておいた方が良いですよ」

気になるな。

何かと個性的なところが多いフィルが果たして、どんな環境で育ってきたのか個人的に興味がある。

クエストの楽しみが一つ増えた気分である。

8話 オババの試練

To tell the truth, F-rank magic swordsman is the strongest!

俺たちの住んでいるリデイアルの街からモイロネの村までは、馬車を使っても五時間ほどかかる場所にある。

結局、俺たちが現地に到着したのは、日が沈みかけている夕暮れ時のことであった。

「……おい。兄ちゃん。起きてくれよ。到着したぜ」

御者に起こされて、目が覚めた時には、すっかりと空気の匂(にお)いが変わっていた。

馬車を降りると、そこにあったのは鬱蒼(うっそう)と生い茂る森林地帯であった。

「？・？・？・」

思わず、小首を傾(かし)げてしまう。

本当に俺たちは目的地に到着したのだろうか？

試しにグルリと周囲の様子を窺(うかが)ってみるが、村らしい場所はどこにもない。

前方には深い翠色(すいしょく)をした森、後方にはどこまでも続く平原が広がっているのみである。

もしかして、間違った場所で降ろされてしまったのだろうか。


「おーい！　ユーリさん！」

そんな疑問を抱いていると、森の近くにいるフィルに声をかけられる。

「こっちですよ！　こっち！」


そう言ってフィルが指さしたのは、木々の隙間(すきま)の小さな道であった。

んん？　これは一体どういうことだろうか。

フィルの指さす方角には、どこにも村らしい場所は見当たらない。

「この森を通った先が村ですよ。残念ながら、馬車では通れないんです」

なるほど。
中途半端な場所で降ろされたのには、そういう理由があったのか。
説明をした後にフィルは、森の中に作られた狭苦しい道に入っていく。

「この道を通るのか……」
「キュー」

ライムも心なしか嫌そうな顔をしていた。
無数に折り重なった木の枝と雑草たちが、俺たちの前に立ちはだかっている。
獣道（けものみち）、とは、こういった場所のことを指すのだろうな。
まるで外の世界から訪れる者の侵入を拒（こば）んでいるようでもある。

「足元には気を付けて下さい。この辺は毒蛇がよく出るので」
「…………」

たしかに毒蛇の一匹くらいは、出ない方が不自然な道のりである。

こんな場所を通るのは、野生のイノシシくらいのものだと思っていたのだが、フィルは平然とした表情で険しい道を突き進んでいく。


「着きましたよ。ユーリさん」

「おおー」


生い茂る植物を掻き分けて進んでいくと、やがては少しだけ開けた空間が見えてきた。

「なんというか、凄い場所だな……」


初めて見る光景だ。

木の上に家が建っているぞ。

俺としては森を抜けた先に村があるという想像をしていたのだが、実際は違っていたようだ。

森の中に村があり、自然と村が一体化したような作りになっていた。

「まずは村長さんの家に寄って事情を聞いてみましょう。今回のクエストの手がかりを何か得られるかもしれません」

「了解した」


こういう時は、土地勘のある人間に任せるのが一番だろう。

異変が起きたのは、俺がそんなことを考えた直後のことであった。

「けぇれ！　お前のような余所者（よそもの）に頼るほど、アタシャ堕（お）ちてないわい！」

突如としてしわがれた女性の声が聞こえてきた。

何やら揉（も）め事が起きているようだ。

ドガッ！　ゴロゴロゴロ！

騒ぎが起きている方に視線を移す。

どうやら木の上に建てられた民家から、蹴り出された男が転がり落ちているようだった。

「いってえな！　バアさん！　何をするんだよ！」

「まだ分からないのかい！　何度も同じことを言わせるでないよ！」

玄関から出てきた老婆が、男に向かって怒鳴り散らしている。

ヒルダ・アーネット
種族　ヒューマ
性別　女
年齢　１０２

１０２歳か。

俺たちと同じ人間種の中で、１００歳を超えて生きている奴に出会うのは初めてだな。

「けぇれ！　余所者は！　この村には不要じゃ！」

随分とパワフルなバアさんだな。
気迫の籠もった怒声を上げた老婆は、近くにあった石を男に投げつける。

「ひぃっ！」

老婆に石を投げられた冒険者風の男は、情けない悲鳴を上げる。
それから泥だらけになりながら、尻尾を巻いて逃げ出していった。
おいおい。
１００歳を超える老婆が若い男を圧倒しているぞ。
とんでもなくパワフルなバアサンだ。

「フィル！　フィルじゃないかい！」

ん？　これは一体どういうことだろうか？
フィルの姿を前にしたヒルダは、皺だらけの顔を余計に皺だらけにして満面の笑みを浮かべているようだった。

「ゲェ！　オババ！」

喜ぶ老婆とは対照的にフィルは、焦りの表情を浮かべている。
どうやら二人は知り合いのようだ。
んん？
よくよく考えてみるとフィルの名前も『アーネット』だったような気がするな。
ヒルダと下の名前が同じだ。
何やら込み入った事情がありそうだ。
疑問に思った俺は、二人から詳しい事情を聞いてみることにした。

～～～～～～～～～～～～～～

それから。
モイロネの村に到着するなり、謎の老婆に遭遇（そうぐう）した俺は、事の成り行きによって、老婆の家に招かれることになった。

「あ！　ユーリさん！　紹介しますね！　この人がオババ！　私のことを育ててくれた恩人です！」

「……娘が世話になっているのう」

なるほど。

この人が、たまにフィルが話題に出していたオババか。

オババこと、ヒルダは、白髪を束ねた老婆であった。

年のせいか既に腰は曲がっており、体は小さいのだが、眼光は異様に鋭く威圧感がある。

フィルが素直に家族と言わないあたり、何か特別な事情があるのかもしれないな。

「フィル。少し見ない間に大きくなったのう」

謎の老婆、ヒルダに誘われた俺は、テーブル席に着いて簡単な身の上話をすることにした。

「オババ。適当なこと言っているでしょ？　別にそんなに変わってないと思うけど」

「いいや。今のお前からは、大人のレディのスメルがするわい」

「え？　そうかな？」

ヒルダから『大人のレディ』と言われたフィルは、自分の匂(にお)いをクンクンと嗅(か)いでいる。

何やら満更でもなさそうな様子だった。

「と・こ・ろ・で。そこにいるユーリさんっていうのは、フィルの良い人なのかい？」

不意にヒルダは俺の方を向いて、不思議な台詞(せりふ)を口にする。

何やら言葉に裏がありそうな、ネットリとした口調であった。

「ち、違いますよ！　ユーリさんは全(まった)くそういう人じゃありませんから！」

いつになく熱の籠(こ)もった口調でフィルは否定する。

残念だな。

フィルとは暫く(しばら)の付き合いになるが、こうもハッキリと否定されると悲しい気分になるぞ。

「なあ。フィル。オレは良い人ではないのか？」

「…………!? いえいえ！　違いますよ！　ユーリさんは良い人ですよ！　いつもお世話になっていますし！」

いや、どっちだよ。

こうも発言が二転三転すると流石(さすが)に俺も困惑するぞ。

「ふふふ。やっぱり、そうだと思ったよ。この子ったら、素直じゃないんだから！」

「ぬわあああああああ！　もおおおおおー！　二人とも面倒臭い(めんどうくさ)～！」

先程からフィルは一体、何と戦っているのだろうか。

大袈裟(おおげさ)に頭を抱えたフィルは、体をクネクネと動かして身悶え(みもだ)しているようだった。

「で、フィルよ。お前さんが村に戻ってきた理由についてだけど、大まかに察しがついている

ホホ

よ」

暫く世間話に花を咲かせていると、コップをテーブルに置いたヒルダが真剣な口調で切り出した。

「先に言っておくけど、止めておきなさい。アンタたちでは力不足だよ」

「え？　どうして？」

「人間が鬼神様を退治しようなんて浅はかな考えじゃや。迂闊なことをすれば、神罰が下ることになるだろうよ」

それから。

ヒルダは俺たちに『鬼神』と呼ばれるモンスターの情報を教えてくれた。

曰く。

このモイロネの村には『鬼神』と呼ばれる伝説的なモンスターが古くから存在しているらしい。

鬼神とは、他の地域ではオーガキングと呼ばれて、恐れられているモンスターだ。

冒険者ギルドでは、2000000ギルの報酬が設定されていたやつだろう。

「最初に鬼神様が現れたのは、今から三十年以上も前の話だよ。鬼神様が現れるようになってからというもの、噂を聞きつけた腕自慢の冒険者たちが討伐に向かったものじゃ」

ある者は素手でドラゴンを倒したと噂される大男。

また、ある者は、三種類の剣を同時に使いこなすとされる大剣豪。

オーガキングに懸けられた多額の討伐報酬を目当てにやってきたのだ。

「しかし、誰一人として鬼神様には敵わなかった。だから我々は、鬼神様と共存することを選んだのじゃよ」

不思議なことに鬼神というモンスターは、直接このモイロネの村を直接襲うことはないらしい。

だからこそ、このモンスターは、いつしか村にとっての信仰の対象にすらなっていったのだとか。

「未熟な冒険者を向かわせても、鬼神様を怒らせるだけで逆効果じゃ。先程の男を見たじゃろう？　だからアタシは、半端者たちを追い出しているのじゃ」


なるほど。

どうやら先程、追い返された冒険者は、俺たちと同じオーガの討伐のクエストを受けていたらしいな。

ヒルダの目から見て実力が足りていないと判断されたため、追い返されることになったのだろう。


「フィルにとって大事な人っていうなら、猶更だよ。この村の鬼たちと戦うなんて無茶なことは止めておきな」


渋みの強いお茶を啜りながら、ヒルダは言った。

なるほど。

最初に冒険者の男を蹴落とす光景を見た時は、おっかないバアさんだと思っていたのだが、俺の思い違いだったのかもしれない。

一連の行動は、ヒルダなりの優しさという部分もあったのだろう。

「大丈夫だよ！　オババ！　ユーリさんはすっごく、強いんだから！」

「…………」

フィルの言葉を受けたヒルダは、俺の体を爪先から頭の上まで眺め回す。

「ふう。流石はワタシの娘が選んだ男だね。たしかに。そこら辺の凡夫とは、面構えが違うようだ」

どうやら俺は先程、追い出された男とは異なり即座に不合格というわけではないみたいだ。

「そこまで言うなら試練を出そう。これからアタシの出す課題をクリアすることができれば、鬼神様の棲まう祠まで案内しようじゃないか」

俺たちの目的は、鬼神を倒すことではなく、オーガの討伐にあるのだが、ここはヒルダの提案に乗ってみることにしよう。

オークたちを率いる鬼神というモンスターの存在に興味がある。

テイミング（超級）のスキルを持っている今の俺ならば、仲間にすることができるかもしれないからな。

9話　コオニらの集団

でだ。

ヒルダに出された課題を達成するために俺たちは、モイロネの東にある森林地帯にまで足を運んでいた。

『いいかい？　日が暮れるまで『コオニの角(つの)』十本を持ってくること！　そうすれば、アンタたちの実力を認めてやろうじゃないか！』

ヒルダから出された課題は、この村の東部に生息する『コオニ』というモンスターを討伐することであった。

フィルの話によると、『コオニ』というモンスターは、この辺りの地域に数多く住んでいるゴブリンの親戚(しんせき)のようなモンスターらしい。

オーガと比べて力の弱いコオニは、冒険者たちの力を測る上でおあつらえ向きの魔物であるようだ。

「ユーリさん！　こっちですよ！　こっち！」

立ちはだかる自然をものともせずにフィルは、森の奥地に歩みを進めていく。

「なあ。フィル。ところで、あの後ろからついてきている子供は誰なんだ？」

先程から気になって仕方がなかったのは、俺たちの後ろからピタリとついてくる子供の姿であった。

サム・アーネット
種族　ライカン
性別　男
年齢　12

俺たちのハイペースな進行に全く遅れる様子がないことから、只者（ただもの）ではない人物であることが察せられる。

「ああ。あの子は、私の弟ですよ」

「弟？　とてもそんな風に見えないが……」

姉弟同士、外見が似ていないケースがあることは知っているが、二人の場合はそもそもの種族が異なっている。

頭からピョコンと犬耳を生やしたサムという少年は、どう考えてもフィルの弟には見えない外見をしていた。

「ウチの村は、色々と特殊でして。周りの街から、身寄りをなくした子供たちが集まってくるんですよ」

フィル曰（いわ）く。

モイロネの村は、年齢層がヒルダのような老人とサムのような子供で二極化しているらしい。

老いた人間が知恵を貸して、子供たちが体を動かす。

この村は古くから、そういう役割分担があるのだとか。

「実を言いますと、私もサムも森に捨てられているところをオババに拾われたんですよ」

「……なるほど。そういう事情があったのか」

外見が似ていないのにも納得である。

つまりこの村は、一種の孤児院のような役割を果たしているのだろう。

「おい！　そこのネボスケ！」

不意に背後から、話題の少年に声をかけられる。

動物の毛皮に身を包んだサムという少年は、まさに野生児といった風貌（ふうぼう）をしていた。

「ネボスケ？　もしかして俺のことを言っているのか？」

「当たり前だろ！　他に誰がいるっていうんだよ！　眠そうな顔をしているからネボスケ！　お前の名前なんて、それで十分だ」

うーん。そんなに俺は、眠そうな顔をしているのだろうか。

今日だって別に寝不足というわけではないのだけどな。

子供とはいっても、初対面の相手に言われるのは、なんだか複雑な気分である。

「最初に言っておく！　どうやってフィル姉に取り入ったかは知らないが、オレはお前のことを認めていないからな！」

鼻息を荒くしながらサムは、俺に向かって宣戦布告を開始する。

理由はよく分からないが、俺はサムから随分と敵視をされているみたいである。

「オババからの依頼だ！　今日はこのオレ様が、お前の力を見極めてやるよ！」

おそらくサムは、俺たちの実力を確認するためにヒルダが遣わせた監視役なのだろう。

つまり今回の依頼を達成するためには、サムの前でキチンと実力を示しておく必要がありそうだ。

「コラッ！　サム！　ユーリさんに失礼なことを言わないの！　ユーリさん。この子の言うことは無視していいですからね！」

「フィル姉もフィル姉だぞ！　都会の男なんかと仲良くしやがって！　こんなやつ！　どうせ猪の一匹だって狩れやしねえよ！」

なるほど。

長らく閉鎖的な環境で育てられた反動からか、どうやらサムは、都会の人間に対して敵対心を抱いているようだ。

「あの子のことは無視をしましょう。昔はとても可愛い子だったのですけど、今は反抗期のようです」

「ああ。そうさせてもらうとしようかな」

「コラアアア！　仲良くするのは禁止だ！　フィル姉から離れやがれ！」

いや、敵対心というのは少し違うか。

サムの様子から察するに俺に対して、ヤキモチを焼いているだけなのかもしれない。

そう考えてみると年相応に可愛らしい子供のようにも思えてきたな。

「…………！」

異変を察知したのは、俺がそんなことを考えていた直後のことであった。

コオニ　等級Ｅ

周囲の木陰からモンスターの気配が忍び寄ってくるのが分かった。

初めて見るモンスターだ。

やはり時間をかけて遠征をすると、モンスターの顔ぶれも変わってくるみたいだな。

「ユーリさん！　あそこに！」

少し遅れてフィルも敵の存在に気が付いたようだ。

「ふんっ。都会のモヤシ野郎が、どこまで戦えるかお手並み拝見といこうじゃないかよ」

柔らかい土の上に胡坐(あぐら)をかいたサムは、頬杖(ほおづえ)をつきながら俺たちの様子を監視しているようだった。

おっと。

そうこうしているうちに、敵が攻撃を仕掛けてきたみたいである。

投石による攻撃か。

戦い方のスタイルまでゴブリンに酷似(こくじ)しているようだな。

どうやら敵の狙いは、俺たちの中で最も油断していたサムにあったらしい。

「なっ……！」

ふう。間一髪(かんいっぱつ)のところだったな。

俺は手にした剣を使って、サムの近くに飛んできた石を弾き返してやることに成功する。

「「「ギギギー！」」」

不意打ちに失敗したコオニたちは、次々に姿を現してくる。

ふむ。

最初はゴブリンに似ているモンスターだと思っていたが、細かいところで違いはあるみたいだ。

こちらは、随分と短気な性格をしているらしいな。

ゴブリンのような嫌らしい攻め方は、不得手としているようだ。

「フィル！　後ろは任せたぞ！」

「了解です！　ユーリさん！」

コオニの討伐ランクはEランク。

この程度の相手であれば、フィルに任せても全く問題ないだろう。

そう判断した俺は、前方から襲い掛かるコオニたちを、手にした剣で斬り伏せていくことにした。

「ギギッ！」「ガガッ！」「ググッ！」

周囲の植物にコオニたちの鮮血が降り注ぐ。

なるほど。

だいたい敵の性質が分かってきたな。

このコオニというモンスターは、ゴブリンと比べて知能は劣るが、戦闘能力を強化した感じの奴らしい。

ゴブリンと比べて、多少強くなったとはいっても、あくまで『多少』の範囲内である。

この程度の相手であれば、俺たちが苦戦することは有り得ないだろう。

「たぁ！」「えい！」「やあああぁぁぁ！」

背後で戦っているフィルも健闘しているようだ。

この調子でいくと、俺が手助けをする必要はなさそうだな。

「「「ギギギー!?」」」

ふむ。どうやら俺の予感は的中していたようだ。
ものの見事に俺は、前方から迫りくる八匹のコオニたちを討伐することに成功した。

「やりましたね！　ユーリさん！」

どうやらフィルも背後から来ていた三匹のコオニの討伐に成功したらしいな。
俺が予想していたよりも早く終わったみたいだ。
暫く一緒に冒険する機会がなかったので気付かなかったが、フィルの実力も上がっているようである。

「おいおい……。マジかよ……」

んん？　これは一体どういうことだろうか？

俺たちの動きを目の当たりにしたサムは、信じられないものを目にしたかのようにパチパチと瞬きをしている。

「どうだ？　これで俺たちの実力を少しは認めてくれたか？」

「ふんっ。これくらいはできて当然だ！　言っておくが！　ウチの村じゃ、もっと強いやつがゴロゴロいるんだからな！」

サムの言葉は、あながち強がりというわけではないだろう。

都会と比べて、自然に囲まれた過酷な環境にあるモイロネの村には、優秀な冒険者が育つ土壌があるのだ。

「…………！」

次なる脅威に気付いたのは、そんな他愛のないやり取りを交わしていた直後のことであった。

んん？　何やら巨大な生物が俺たちに近付いてくるようだ。

「サム！　後ろ！」

「え……？」

　どうやらフィルも、敵の気配に気付いたようだ。

　オーガ　等級C

　慌てて振り返ったサムの背後に立っていたのは、頭に角を生やした大型のモンスターであった。

　コイツがオーガか。

　ギルドにいた冒険者たちが恐れるのも無理はない。

　体長五十センチくらいのコオニと比較をして、オーガは三メートルを超える巨躯を誇っていた。

「ぎゃあああああ！　出たあああああ！」

どうやらオーガの登場は、サムにとっても予想外のことだったらしいな。
オーガを前にしたサムは、腰を抜かして驚いているようであった。
ふむ。
考え方によっては、この状況はサムの前で実力を示してやるチャンスだな。

「グガアアア！」

オーガの攻撃。
オーガはその異常に発達した腿の筋肉を使って、近くにいるサムを蹴り上げようとしていた。

「よっと」

間一髪のところだった。
前世の剣聖時代に培った戦闘技術である《縮地》を使用した俺は、サムを抱きかかえて回避することに成功する。

「フィル。ひとまず、サムを預かっていてくれ」
「わ、分かりました！」

よし。これで、ひとまずは安心だろう。
他の冒険者たちと比べてフィルは、危機回避能力が高いところがあるからな。
フィルに任せておけば、大丈夫だろう。

（おのれ……！　アイザワ・ユーリ！）

んん？　俺の思い過ごしだろうか？
今、オーガの方から俺の名前を呼ぶ声が聞こえたような気がするぞ。

（殺す！　殺してくれるうううううううう！）

ふむ。どうやら俺の空耳というわけではなかったようだな。

これもテイミング（超級）のスキルを獲得した影響だろうか。

オーガが喋（しゃべ）っている言葉が手に取るようにわかる。


（フハハハ！　死ね！　アイザワ・ユーリ！）


不思議なことに、このオーガは俺の名前を知っていたようだ。

んん？　よくよく見てみると、このオーガの顔、どこかで見覚えがあるな。

そうだ。

以前に竜の谷（ドラゴンバレー）で出会った裏ギルドの冒険者、アンジェスに似ているような気がするぞ。


（フハハハ！　これでどうだぁぁぁ！）


次の瞬間、オーガが取った行動は俺にとって少し予想外のものであった。

何を思ったのか、オーガはコオニの死体を拾い始めたのである。

ふむ。コオニを握力で握りつぶして、血液を飛ばしてきたか。

厄介(やっかい)な攻撃だ。

目を開けていれば、視界を潰されることは必須である。

「ユーリさん!?」

俺のことを心配したフィルが叫び声を上げる。

たしかに面倒な攻撃ではあるが、少し注意をすれば対応はできるはずだ。

感覚を研(と)ぎ澄ませれば、空気と魔力の流れから、敵の位置を予測することは可能だろう。

視界を封じたくらいで、俺の動きは止められない。

「とりゃ！」

俺は目を閉じたまま敵の攻撃を避けてやると、返す刀で全力の一撃を叩き込んでやることにした。

瞬間、衝撃音。

剣先から飛び出した衝撃波は、オーガに向かって直撃する。

「ぐぼあああああああああああああああああああああああああああああああああああ！」

森の中にオーガの断末魔（だんまつま）の叫びが響き渡る。

いかにオーガが恐れられている魔物とはいっても、Cランクのモンスターである。

俺の全力攻撃に耐えられるほどの耐久力は備えていなかったらしい。

発生した衝撃波に巻き込まれたオーガは周囲の木々と一緒に粉微塵（こなみじん）に切り刻まれることになった。

ふう。

色々とあったが、どうにか敵を倒すことができたみたいだな。

後はオーガの角を持ち帰れば、ヒルダにも実績を示すことができるだろう。

「なっ……。ななな

っ……」

んん？　これは一体どういうことだろうか？

俺の動きを目の当たりしたサムは、信じられないものを目にしたかのようにパチパチと瞬きしているようだった。

「危なかったな。もう大丈夫だぞ」

「ひいっ!?」

何故だろう。

助けの手を差し伸べてやると、尻餅をついているサムは後退りをして、益々と怯えたような表情を浮かべていた。

「な、なあ。ネボスケ。都会の冒険者っていうのは、お前みたいなのがゴロゴロしているのかよ!?」

先程までのふてぶてしい態度がウソのよう。

戦いが終わった後のサムは、かなり動揺しているようであった。

「ああ。俺なんて冒険者の中では一番弱いＦランクだからな。都会の奴らの実力はこんなものじゃないぞ」

「マ、マジかよ。都会こえええええええ！」

何故だろう。

それからというものサムは、俺に対して恐怖と尊敬が入り混じったような複雑な視線を向けるようになるのだった。

10話 夜の出来事

To tell the truth, F-rank mage swordsman is the strongest!

でだ。

無事にコオニらの集団を蹴散らした俺たちは、試験の結果を知らせるためにモイロネの村に戻ることにした。

「こ、これは……!? まさか一日でこれだけの数の鬼を狩ってきたのかい!?」

獲得したコオニたちの角を提出してやると、ヒルダは目を丸くして驚いているようだった。

袋の中に入った大きな角を目の当たりにした途端、ヒルダの表情は益々と険しいものになっていく。

「むっ……。しかも、この角はコオニのものではないね。紛れもなくオオオニ様のものじゃ」

鬼たちの角の中でも一際、大きなものを手に取ってヒルダは言った。

おそらくオオオニ、とは、オーガのことを指して言っているのだろう。

初めて聞いた名前なので、この村の方言的な呼び方なのかもしれない。

「オババ！　ユーリさんの力は、紛れもなく本物だぜ！　オレ！　見たんだ！　こ〜んな大きい鬼を一撃で仕留めているところ！」

隣にいたサムが身振りを交えて、熱の籠もった口調で力説する。

結局、証人として付き添ってくれたサムの言葉が決め手となったようだ。

「ふん。流石はフィルの選んだ男だね。今夜はウチに泊まっていきなさい。明日の夜明け、鬼神様の祠に案内してやろうじゃないか！」

「…………」

俺の、思い過ごしだろうか？

そう言うヒルダの表情がどことなく憂(うれ)いを帯びているように見えるのは——。

とにかくまあそんなわけで。

鬼退治クエストの初日は、無事に過ぎていくのだった。


～～～～～～～～～～～～～～


耳を澄ませば、夜の虫たちの鳴き声が聞こえてくる。

俺たちはというと、ヒルダの勧めによって村の中に作られたゲストハウスで宿を取ることにした。


「むにゃむにゃ……。ユーリさん……。ダメですよ……。こんなこと……」


でだ。

今現在、俺はフィルと同じ部屋で隣り合うようにして布団を並べて眠っていた。

それというのも、『二人で同じ部屋で寝るように』というヒルダの強い要求があったからだ。

「ぐふっ……！」

寝返りを打ったフィルの蹴りが俺の脇腹にヒットする。
コイツ、寝相が悪すぎるぞ。
誰かと一緒に眠ることが、こんなに大変だとは思ってもいなかった。
なんだか寝言もうるさいし、まったく眠れる気がしない。
いかん。
このままだと寝不足になりそうだな。
少しだけ外の空気に当たってみることにしようか。
異変が起きたのは、俺が玄関で外靴に履き替えようとした直後のことであった。

「ナンマイダー！　ナンマイダー！　キェイ！　キェエエエイ！」

なんだ。この気味の悪い声は。
どうやら俺たちが滞在している宿から少し離れた小屋の中から聞こえてくるようだ。

怖いもの見たさに覗いてみると、中にあったのはインパクトのある光景であった。

「神々の化身！　ノームの精霊よ！　どうか子供たちの命を守りたまえー！」

そこにいたのは、白色の袴に身を包んだヒルダの姿であった。

何かの儀式（？）をしているようだ。

鈴の付いた棒切れを振り回しながら、意味深な言葉を叫ぶヒルダの姿は、奇妙なものがあった。

「ふんっ……。乙女の秘密を覗こうなんて、良い趣味をしているじゃないかい」

どうやら気付かれていたらしいな。

気配は消していたつもりだったのだが、侮れないバアさんである。

「こんな夜遅くに何をしているんだ？」

「アンタたちは明日、戦いに行くのだろう？　精霊様にお祈りしておこうと思ってね」

木製のテーブルの上には、十体を越える人形が置かれている。

その中には、フィルとサムによく似ている人形があった。

「もしかして、この人形はヒルダの子供たちか？」

「ああ。皆、アタシの家族だよ。何人かは無茶なことをやって、アタシより先に逝っちまったけどね」

何やら色々と複雑な事情があるようだ。

一〇〇年を超える期間を生きていると、色々と辛い記憶もあるのだろう。

「昔話をしようか。アタシの息子は、この村では英雄と呼ばれる冒険者だったんだよ。ギルドでは、たしかエーランク冒険者と呼ばれていたはずじゃ」

「おお……。それは凄いな！」

Ａランクというと、街に五人しかいないといわれる最強格の冒険者だ。

Ｆランクの俺とは、比べることがおこがましいほど遥か高みにいる存在である。

「今、その人はどこに？」

「……とっくに死んじまっているよ。昔からこの辺で悪さをしている鬼の魔族に殺されたのさ」

曰く。ヒルダの息子は、多くの人間の命を奪った凶悪な魔族の討伐に向かって以来、帰らぬ人となっているらしい。

もう五十年以上も前から、その行方は分かっていない。

ヒルダがフィル、サムといった捨て子たちを養子として迎え入れるようになったのは、息子を亡くした寂しさを埋めるためのものだったのだとか。

「まったく、一〇〇年生きても、身内が戦いに行くのには慣れないよ」

どこか遠くの方を見つめながらヒルダは呟く。

「おかしいかい？　いるかも分からない精霊様に祈りを捧げるなんて」

「いや、別におかしくはないさ」


俺が元々いた『日本』にも『困った時は神頼み』という風習はあったからな。

魔法という超常現象がある世界なのだから、神様の一人、二人くらいはいても不自然ではないだろう。

ノーム　等級S
（森の奥地に棲まう妖精モンスター）

んん？　なんだろう。これは。

その時、俺は祭壇の物陰から視線を感じた。

初めて見る奇妙なモンスターだ。

目の前にいるノームというモンスターは、体長十センチくらいの小人の形状をしている。

男とも、女とも取れる、不思議な外見をしていた。

「それにほら。ノームとかいうモンスターは、そこにいるみたいだぞ」

「…………!?」


まさか俺に発見されるとは思ってもいなかったのだろう。

俺に視線を向けられたノームは、物陰にサッと隠れた。

不思議なモンスターだな。

まるで敵意がないみたいだ。

能ある鷹は爪を隠す、ということなのだろうか。

等級Sというランクからは相当な実力があると思うのだが、まったくそれを感じさせない雰囲気(ふんいき)をしていた。


「ほう……。これは驚いたね。アンタ、もしかして精霊が『視(み)える』側の人間なのかい？」

「？　もしかして、珍しいことなのか？」

「当然さ。テイマーとして極限まで修行を積んだ人間の中には、視ることができる人間が稀(まれ)にいるらしいけどねぇ。アタシも会うのは初めてさ」

なるほど。

俺にとっては普通に発見することができたわけだが、本来はテイミングのスキルを鍛えた人間しか視ることができないわけか。

もしかしたら、以前に獲得したテイミング（超級）のスキルの効果が表れているのかもしれない。

「アンタなら、本当に鬼神様を倒してしまうかもしれないね」

いつになく真剣な表情で、ヒルダはゆっくりと口を開く。

「その時が来たのならば、教えてほしい。鬼神様が最後に何を言うのか」

なんとも不思議な依頼ではあるが、鬼神とかいうモンスターは、この村では信仰の対象になっているみたいだからな。

ヒルダとしても、何かしらの思い入れがあるのだろう。

「了解した」

周囲の人間たちが寝静まった夜、俺は目の前の老婆(ろうば)と約束を交わすのだった。

11話　鬼の祠

To tell the truth, F-rank magic swordsman is the strongest!

それから翌日のこと。

ヒルダの教えによって俺たちが訪れたのは、森の中にある古びた祠(ほこら)の前であった。

「よし。この場所で間違いないみたいだな」

ヒルダ曰(いわ)く。

鬼神というモンスターを呼び寄せるには、この祠の前に供物(くもつ)を捧げるのが最も効率的な方法らしい。

供物の種類に関しては肉に酒、村で育てた作物などが一般的であるらしい。

だがしかし。

今回に限っていうと、更に効果的なものがあった。

それが何かというと――。

「あの、ユーリさん。この格好、変ではないでしょうか？」

今現在、俺の目の前にいるのは『巫女（みこ）』の装束（しょうぞく）に着替えたフィルの姿であった。
どうやらオーガ族の好物は、フィルのような若い娘、ということらしい。

「ああ。良く似合っていると思うぞ」

普段は活発なイメージの強いフィルであるが、衣装が少し変わるだけで、こうも印象が変わるものなのだな。

「なあ。本当に良かったのか？　危ない目に遭（あ）うかもしれないんだぞ」
「大丈夫ですよ！　私、こう見えても逃げ足だけには自信がありますから！　何が起きようとも、へっちゃらです！」

自ら生贄役を買って出るとは、大した勇気である。
いくら逃げ足に自信があると言っても、相手は村で神格視されているほどのモンスターだ。
もしも襲われることになれば相当危険だろう。

〜〜〜〜〜〜〜〜〜〜〜〜〜〜

それから。
鬼神の出現を待つこと一時間くらいが過ぎた。
ある瞬間から、小鳥の囀る声が止まり、周囲から生物の気配が消えていくのが分かった。
何やら、森の雰囲気が変わったようだ。

「ユーリさん！　ア、アレ……！」

敵の気配に気付いたフィルが声高に叫んだ。

オーガキング　等級A

その全長は、五メートルくらいあるだろうか。
オーガキングは、以前に戦ったオーガを更に一回り大きくしたような外見をしていた。
だが、その威圧感は今まで戦ってきた敵たちとは比較にならないほど強烈だ。
流石(さすが)は『鬼神』と呼ばれて、村の中で神格視されてきただけのことはある。
強いな。このモンスター。
間違いなく、今まで俺が戦ってきた中でも最強格のモンスターである。

「ウガアアアアアアアアアアアアアアアアアアアアアア！」

オーガキングの攻撃。
オーガキングは手にした棍棒(こんぼう)を力一杯にフィルに向かって振り下ろす。

「ひぃっ！」

反射的に攻撃を回避したフィルは、袴(はかま)の裾(すそ)を持ち上げて、全速力で逃げていく。

だがしかし。
流石に今回は相手が悪かったようだ。

ドガッ！
ドガガガアアアン！

瞬間、爆弾が落ちたかのような轟音（ごうおん）。
オーガキングの攻撃は、周囲に凄（すさ）まじい衝撃波を発生させた。

「ぎゃああああああああああ！」

衝撃に巻き込まれてフィルの軽い体は、簡単に吹き飛んだ。
（ライム。手を貸してやってくれ）

ここまでは俺にとっても想定の範囲内の出来事である。

俺は事前にフィルの傍に待機させていたライムに命令を飛ばして、救助に向かわせることにした。

（キュッ！）

俺の命令を受けたライムは、言葉通りの意味で『手を貸して』くれたようだ。

餅（もち）のように体を伸ばしたライムは、先端部分を『手』の形状に変化させて、フィルの体をキャッチする。

「ラ、ライムちゃん！」

九死に一生を得たフィルは、感激のあまり涙を浮かべているようであった。

（フィルを安全な場所まで運んでくれ！）

（キュッ！）

俺の命令を受けたライムは、体をバネの形状に変化させて力をためる。

次の瞬間、目が覚めるような大跳躍。

地上から目測で二〇〇メートルを超える高さにまで一気に跳ね上がった。

「ひぎゃあああああああああああああ！」

フィルの絶叫が空に響く。

おいおい。

たしかに空は安全な場所だとは思うのだが、こんなに高い場所にまで跳躍する必要はないはずだ。

俺もあまり人のことを言えた義理ではないのだが、ライムのやつ、力の加減がまったく分かっていないようである。

さてと。

フィルの体を張った活躍もあって、これで状況は一対一になったな。

改めて対峙してみると、凄まじい圧力だ。

しかし、不思議なことに恐怖はなかった。
久しぶりに全力で戦えそうな相手に出会えた高揚感が勝っているのだろう。
「ウガアアアアアアアアア！」
叫び声を上げたオーガキングは、両手で棍棒を振り下ろしてくる。
ガキンッ！
すかさず俺は手にした剣で応戦する。
ふむ。
どうやら単純な力比べでは互角みたいだな。
このまま力比べをしていても、長期戦に陥ってしまうことになるだろう。
「それなら！」
そこで俺が使用したのは、剣聖時代に培った高速移動技術である『縮地』であった。
ふむ。パワーに関しては互角でも、スピードでは俺の方に分があったらしいな。

高速で背後に回った俺は、そのままオーガキングを袈裟斬りにしてやることにした。

「グゴオオオオオオオオオオ！」

オーガキングの咆哮が森に響く。

我ながら、会心の一撃だ。

俺は攻撃を受け止めにきたオーガキングの右腕を切り落とすことに成功する。

「…………!?」

次の瞬間、少し予想外のことが起こった。

確実に切り落としたはずのオーガの右腕が、ニョキニョキと音を立てて生えてきたのだ。

コイツ、再生能力まで有しているのか。

やはり今回の敵は、今まで戦ってきた相手とはレベルが違う。

Ａランクの中でもＳランクに近い実力を持っていそうである。

（ようやく巡り合えたぞ……！　強き人よ……！）

んん？　俺の思い過ごしだろうか。

今、オーガキングの方から声が聞こえてきたような気がするぞ。

（頼む……！　お前の手でオレを殺してくれ……！）

どうやら俺の聞き間違いではないみたいだ。

オーガキングは、俺の心の中に直接語りかけてきているようだ。

（これ以上、誰も傷つけたくないんだ……。お願いだ。殺してくれ……！）

おいおい。これは一体どういうことだろうか？

つまり、このオーガは俺に殺してほしくて戦いを挑んできたということか？

それにしては、不自然な点が色々とある。

言っていることと、やっていることがチグハグだ。

もしかしたら、このモンスターは何者かに操られているのかもしれない。

「ウガアアア！」

オーガキングの攻撃。

正面から力任せに棍棒を振り下ろしてくる。

その動きには先程までのキレ味はない。

そうか。

どうやら殺してほしいという言葉に偽りはないようだな。

ならば、望み通りにしてやるとしよう。

俺は敵の攻撃を掻い潜り、返しの一撃を与えてやることにした。

シュパンッ！

オーガキングの頸筋に鋭い斬線が走り、血飛沫を上げながら、胴体と首が分離されていく。

（ありがとう……！　強き人よ……！　これでようやく、奴の支配から逃れられる……）

何故だろう。

俺に首を撥ね飛ばされたオーガキングの表情は、憑き物が落ちたかのように晴れやかなものになっていた。

やれやれ。

なんとも言いようのない、後味の悪い結末になってしまったな。

結局のところ、オーガキングの真意が分からないまま戦いが終わってしまった。

困ったたな。

ヒルダの言っていた『鬼神が最後に残した言葉』というのも、ハッキリとしないものになってしまった。

「ククク……。流石はアイザワ・ユーリ。ワタシの弟分を倒しただけのことはあります」

その男が俺の前に現れたのは、オーガキングの首を撥ね飛ばしてから暫く後のことであった。

ギリー・ポトネフ

種族　鬼人族
性別　男
年齢　２６１

先細った木の枝の先端に立ち、声をかけてきたのは、頭から角を生やした魔族の男であった。

なんて身軽な男なんだ。

男の立っている細長い木の枝は、一羽の小鳥がようやく乗れるかというくらい、か細いものであった。


「――――!?」


次の瞬間、男の体が俺の視界から消失した。

いや、違うな。

これは消えたわけではない。

俺が普段、使っている《縮地》の技術だ。

驚いたな。

まさか俺以外の《縮地》の使い手に出会うとは思ってもいなかった。

敵の狙いに気付いた俺は、すかさず防御のために剣を抜く。

ガキンッ！

危なかった。

あと少し反応が遅れていれば、今度は俺が首を撥ね飛ばされていただろう。

「ほう……。ワタシの剣速に反応するとは。益々と興味深い」

俺の攻撃を受けた男は、何やら意味深な言葉を呟いていた。

鬼人族か。

そういえば以前に戦った魔族も頭から角を生やした鬼人族という種族であった。

弟分、ということは、俺が前に倒した魔族の血縁者ということだろうか。

だとしたら相当な恨みを買われているのかもしれないな。

「不思議な人ですね。どうして一般人である貴方が、ワタシの弟であるナンバー【230】を倒すことができたのか……。この場で見極めてあげますよ」

男がパチリと指を鳴らしたその直後、地面がモゾモゾと動き始める。

アンデッドオーガ　等級Ｄ
土の中から現れたのは、オーガの特徴を持ったモンスターであった。

しかし、その見た目は、従来のオーガとは色々と異なっている。

なんというか、人間の特徴を併せ持った不気味な外見をしていた。

「ワタシの能力は、魔力を使って眷属を作ることです。原材料は生きた人間を使用するのですよ」

なるほど。そういうことだったのか。

今の今まで、不思議に思っていた。

どうしてモンスターであるオーガから人間の声が聞こえてくるのか？　と。

この男の話を聞く限り、元々の人間の時の記憶が残っていたからだと考えるのが妥当だろう。

「貴方が倒したオーガキングは、ワタシのお気に入りでした。近くの村で、英雄と呼ばれる男を魔物化したものでね。ワタシのために馬車馬のように働いてくれましたよ」

「…………！」

そこまで聞いたところで俺は、オーガキングの正体について大まかに察しがついた。

嫌な話を聞いてしまったかもしれない。

そういえばヒルダの息子も村で英雄と呼ばれていたらしいな。

つまり俺が先程、戦っていたのは、ヒルダの息子を目の前の男が魔物化したものなのだろう。

「聞こえていますか？　彼らの怨嗟の声が……。ここにいるのは、今まで貴方が倒してきたものたちですよ」

男が呟いた次の瞬間、テイミングのスキルを通じて、アンデッドたちの心の叫びが聞こえてくる。

（憎い！　お前が憎い！）

（よくも斬ってくれたな！　この恨み、晴らさでおくべきか！）

おそらく、ここにいるのは昨日、俺が倒したコオニたちだろう。

コオニたちの顔つきは、いつの間にか、完全に人間のものに形が変わっていた。


（アイザワ・ユーリ！　お前さえ、いなければ！）


アンデッドオーガたちの中でも大型の個体なのは、昨日、俺が倒したオオオニである。

オオオニの顔つきは、以前に竜の谷(ドラゴンバレー)で会ったアンジェスのものに酷似(こくじ)している。

おそらく、アンジェスは、このギリーとかいう魔族によって、魔物の姿に変えられていたのだろう。


「耳障(みみざわ)りだ」


俺は四方から襲いくるアンデッドオーガを次々に斬り伏せていく。

ゾンビ化しているだけあって、敵のスピードは鈍い。

単純な戦闘能力だけで考えるならば、通常の状態の方が厄介(やっかい)だったかもしれない。

シュパンッ！

ズバババババババババババババ！

アンデッドオーガたちの体に斬線が走り、サイコロ状に切り刻まれていく。

ふう。

まあ、こんなところだろう。

結局、俺はものの数秒としないうちに、アンデッドオーガたちを返り討ちにすることに成功した。

「ククク！　アハハハハハ！　斬りましたね！　人間を！」

「…………？」

んん？　これは一体どういうことだろうか。

配下を失ったにもかかわらず、ギリーは上機嫌に笑っているようであった。

「貴方は人殺しだ！　貴方が犯した罪は裁かれなくてはなりません！　このワタシの手によって！」

高らかに宣言をしたギリーの頭上には、長さ二メートルくらいの漆黒の槍が浮かび上がった。

なんだ？　見たことのない魔法だ。

疑問に思った俺は、すかさずそこでアナライズのスキルを発動してみる。

ジャッジメントニードル　等級Ｓ

（対象が抱いている罪の意識によって威力が変わる呪魔法）

なるほど。

敵の狙いが分かってきたぞ。

呪魔法は、発動の条件が特殊なものが多い。

先程、戦力的には物足りないアンデッドオーガを使ってきたのは、俺の精神的な動揺を誘うためだったのだろう。

「終わりです！　ワタシの全力の魔力を注ぎ込んで作った裁きの槍を食らうが良い！」

ギリーの作った魔法は、高速で俺に向かって飛んでくる。

迅（はや）いな。

なんとか避けようと試みるが、漆黒の槍はどこまでも俺を追尾してくる。

等級Ｓの魔法の力は、伊達（だて）ではないということだろうか。

リスクはあるが、仕方がない。

どうやら漆黒の槍は、俺の心臓を目掛けて飛んできているようである。

敵の攻撃を避けることが難しい以上は、受け止めるしか生き延びる術（すべ）はないみたいだ。

「ウグッ――――！」

覚悟を決めた俺は、心臓に飛んでくる槍を全力で摑（つか）んでやることにした。

漆黒の槍の穂先を摑んだ俺の体は、その衝撃により宙に浮かび上がった。

「ハハハハハ！　無駄ですよ！　ワタシの魔法は回避不能！　防御不能です！」

さあ。果たしてそれはどうだろうな。

この槍が心臓に届くよりも先か、俺の握力が勢いを止めるのが先か。

今こそ俺の全力を試す時がきたようだ。


ズズッ。

ズサアアアアアアアアアアアアアァァァァ！


地面に足をつけた俺は、魔法で脚力を強化した後、必死に踏ん張った。

両掌（りょうてのひら）の出血は激しいが、今のところ敵の刃が俺の心臓に届く気配はない。

ふう。

勝負の行く末は、どうやら俺の方に分があったみたいだな。

力任せに勢いを止めてやると、ギリーの作った漆黒の槍はたちまち空気の中に消えていった。

【スキル：呪魔法（超級）を獲得しました】

その時、ステータス画面に新しい文字が浮かび上がる。

そうか。

呪魔法の取得条件は、敵から呪魔法を受けることだったな。

新しいスキルを覚えたことにより、次からはもっと余裕を持って、攻撃を受けることができそうである。


「なにっ……!?」


攻撃を受けても俺が生きていたことが意外だったのだろうか。

ギリーの表情に動揺の感情が現れているのが分かった。

ふむ。

たしかに凄い攻撃であったが、思っていたほどの威力ではなかったみたいだな。

少なくとも、この魔法が全力の魔力を注いでSランク級の魔法だというのには違和感がある。

「バカな……!　どうしてこんなことに……。ま、まさかっ……!」

会話の途中で我に返ったギリーは、ハッとしたように声を上げる。

「もしや貴方、罪の意識を感じていませんね？」

男の言葉を受けて、俺も納得がいった。

ギリーの使用した呪魔法は、俺が感じている『罪の意識』によって威力が変わるものらしい。

思っていたよりも威力がなかった理由は、俺の精神状態が関係していたのかもしれないな。

「なんということだ！　見損ないましたよ！　貴方の心が既に『悪』に染まっているとは！」

「…………？」

この男は一体、何を言っているのだろうか。

別に俺は悪の道に堕ちたつもりは、微塵もないぞ。

「この外道が！　貴方が殺したのは、元々は人間だった生物なのですよ！」

なんとも酷（ひど）い言われようである。

その人間を鬼に変えて、襲わせてきたのは、他でもないコイツなのだけどな。

「なあ。一つ聞きたいのだが、人殺しは悪なのか？」

「当たり前です！　同族殺しは、生物が生まれ持っている忌避（きひ）本能！　そう簡単に抗（あらが）えるものではありません！」

たしかに、たしかに、だ。

人を殺（あや）めるのは、可能な限り避けるべきだとは思うが、今回のケースは当てはまらないだろう。

俺が斬（き）った鬼たちは、既に人間としての尊厳を失っている状態であった。

いつも戦っている魔物たちとは、それほど違いがないような気がする。

「そうか。お前はそう考えているんだな。でも、俺の中の正義はそう言っていないみたいだぞ？」

俺はアイシャから受けた研修で学んだのだ。

大事なのは『ゴミを拾う側』に立とうという精神だ。

自分の中の『正義の指針』が確立されていれば、悪人たちの言葉に精神を揺さぶられることはない。

今回、敵の呪魔法を防ぐことができたのは、『ゴミ拾い』のクエストを受けたおかげなのかもしれないな。

「貴様ァ……！　このワタシを本気で怒らせましたね……！」

切り札を失ったギリーの表情は、完全に冷静さを欠いているようだ。

「見せてあげますよ！　このワタシの真の姿を！」

声を荒げたギリーの体は、赤黒く膨張。

人間に近い姿から、鬼の特徴が色濃く表れた姿に変化していく。

その全長は三メートルを超えているだろうか。

先程、戦ったオーガキングよりも体のサイズは小さいが、その代わりにシャープな外見をしている。

ふむ。

そういえば聞いたことがある。

強力な力を持った魔族は、人間の姿と魔物の姿を使い分けることができるものらしい。

つまりは、この鬼の状態がギリーにとっての本来の姿ということになるのだろう。

「フハハハ！　死ねえええええええええええええええええええええええええええええええええええええええ！」

魔物の姿に変化したギリーは俺に向かって、巨大な腕を振り下ろす。

ふむ。

たしかに凄い攻撃であるが、避けられないほどのものではないな。

おそらくだが、先程の呪魔法による攻撃で、体力を使い果たしたのだろうな。

そうでもなければFランク冒険者に過ぎない俺が、簡単に攻撃を見切れるはずもないだろう。

「終わりだ」

俺は敵の温い攻撃を掻い潜ると、返す刀で敵の首を討ち取ってやることにした。

花が咲いたかのような鮮やかな血が飛び散り、ギリーは地面に片膝をつけた。

「バ、バカな……。このワタシが……。二桁ナンバーのワタシが……。こんな、ところでええええええええええええええ！」

断末魔の叫びを上げたギリーの頭部は、胴体と分離されていく。

ふう。

なんとか今回も倒すことができたが、どうして俺の前には次々と魔族が現れるのだろうな。

こうしてモイロネの村で起こった鬼神にまつわる事件は、一応の決着がつくことになるのだった。

アイザワ・ユーリ
固有能力　魔帝の記憶　剣聖の記憶

スキル　剣術（超級）火魔法（超級）水魔法（超級）風魔法（上級）聖魔法（上級）呪魔法（超級）無属性魔法（中級）付与魔法（上級）テイミング（超級）アナライズ　釣り（初級）

エピローグ　些細な変化

To tell the truth, F-rank magic swordsman is the strongest!

それからのことを話そうと思う。

モイロネの村に古くから伝わる鬼神を倒した俺は、暫く滞在をした村から旅立つことにした。

「それにしても、フィル。アンタが連れてきた男は、たいした男じゃわい。まさか本当に鬼神様を倒してしまうとはのう」

別れの支度を済ませたその直後、ヒルダは改まった様子で切り出した。

「ユーリ殿。どうか、この先もフィルを末永くよろしく頼みますじゃ」

「ああ。もちろんだ」

ヒルダに頼まれるまでもなく、フィルとは今後とも仲良くやっていくつもりである。

「ちょっ！　ユーリさん！　そういうことを簡単に安請け合いしないで下さいよ！」

「んん？　フィルは俺と仲良くするのが嫌なのか？」

「あああああ！　違うんですよ！　もうっ！　この場合は、そういう意味ではなくてえええええええ！」

何故だろう。

素直に疑問を尋ねてみると、フィルは頭を抱えて困惑しているようだった。

「ああ。そうだ。鬼神が最後に残した言葉についてなのだが……」

この件に関しては、最後まで言うべきなのか悩んでいたのだが……。

頼まれていた以上は、やはり何かしらの言葉を伝えておくべきだろう。

「ヒルダに『ありがとう』って言っていたぞ」

「…………！」

俺の言葉を受けたヒルダは、ハッと胸を打たれたかのような様子であった。

「……それは真のことか？」

「ああ。俺は魔物の言葉が分かるからな。たしかに言っていたみたいだぞ」

ウソだった。

オーガキングが『ありがとう』という言葉を口にしたところまでは本当であるが、ヒルダに向けてではなかった。

だがしかし。

今回に関していうと、真実を伝えることが正しい行いという気がしなかった。

だってそうだろう？

ヒルダはずっと、鬼に変えられた息子のことを気にかけていたのだ。

もしかしたら鬼神がモイロネの村を襲わなかったのは、人間だった頃の記憶が残っていたからなのかもしれない。

「そうか……。そうか……」

短く呟(つぶや)いたヒルダは、顔を伏せた。

その時、俺はヒルダの瞳から一滴の涙が零(こぼ)れ落ちる瞬間を見逃さなかった。

良かった。

どうやら俺は、ヒルダが望んでいた言葉を送ることができたみたいである。

～～～～～～～～～～～～～～～～～～～～～～～～～～

それから。

村を出るために森を歩いていると、フィルが俺の傍に駆け寄り、耳打ちをしてくる。

「あの、ユーリさん。さっきの言葉、ウソですよね？」

「…………」

むう。我ながら、上手くウソを吐けたと思っていたのだが、どうやらフィルにはお見通しだったようだ。

「……そうだ。オレはウソを吐いてしまった。フィル。俺は悪いやつなのだろうか？」

少し前から、ずっとモヤモヤしていた。

良かれと思ってやったことなのだが、ウソを吐くことに対して、俺は少なからず罪悪感を覚えていたのだろう。

「いいえ。私、優しいウソは好きですよ」

ジッと俺の目を見つめながら、フィルは悪戯っぽい表情で言葉を続ける。

「世の中には、吐いても良いウソとダメなウソがあると思うのですよ」

なるほど。そういう考え方もあったのか。

たしかにウソというのも使い方次第では、他人のためになるかもしれない。

「ワタシ、ユーリさんが気遣いできるとは驚きました！　これって、凄い成長だと思います！」

フィルが俺のことを褒めてくれるとは珍しい。

そうか。

この世界に転生した直後は、記憶が混濁して分からないことも多かったが、少しは俺も成長できているのかもしれないな。

気持ちの良い木漏れ日の道を歩きながら、俺はそんなことを思うのだった。

あとがき

柑橘ゆすらです。

『魔法剣士』３巻、如何でしたでしょうか。

２巻に引き続き、ストレスフリーでサクサク進行の物語を心掛けております。

１巻のあとがきから宣言している『お色気シーンに頼らない』という目標も無事に継続している最中です。

え？　この巻の冒頭で抵触しそうなシーンがあった？

いえいえ。私的には、冒頭部分は、お色気シーンとして書いていないので完全にセーフです（笑）。

その証拠にライムの扱いは、引き続き『魔物の相棒』ポジションを継続しています。

このシリーズの場合、なんとなくライムの扱いは、女の子にしない方が作品の雰囲気に合っているような気がしたのですよね。

ラノベ作家としての勘です。

今まであまり意識してこなかったのですが、この作品は柑橘ゆすら史上、最も硬派なシリーズなのかもしれません……。


さて。おかげさまで3巻まで出すことができた『魔法剣士』シリーズですが、幸いなことに、もう暫く続けても良いという言葉を頂いております。

現状を包み隠さずに表すなら、『小説版↓小ヒット』『コミック版↓超絶大ヒット』という形になっています。

この作品に限った話ではないのですが、最近は小説版よりも、コミック版の方が売れるケースが多いので『ラノベ作家の仕事ってなんだっけ?』と考えてしまうことも多々あります(笑)。

時代が変われば、仕事のやり方も変化させていかなければならないのが、エンタメ業界の難しいところです。


それでは。

次巻で再び皆様と出会えることを祈りつつ――。

柑橘ゆすら

この作品の感想をお寄せください。

あて先　〒101-8050　東京都千代田区一ツ橋2-5-10
集英社　ダッシュエックス文庫編集部　気付
柑橘ゆすら先生　青乃 下先生

ダッシュエックス文庫

史上最強の魔法剣士、
Fランク冒険者に転生する3
～剣聖と魔帝、2つの前世を持った男の英雄譚～

柑橘ゆすら

2021年3月30日　第1刷発行

★定価はカバーに表示してあります

発行者　北畠輝幸
発行所　株式会社　集英社
〒101−8050　東京都千代田区一ツ橋2−5−10
03(3230)6229(編集)
03(3230)6393(販売／書店専用) 03(3230)6080(読者係)
印刷所　凸版印刷株式会社

ISBN978-4-08-631410-7 C0193

漫画でもユーリが
異世界無双!!

最強 The strongest × The reincarnation 転生

最強の魔術師が、異世界で無双する!!

超規格外 学園魔術ファンタジー!!

STORY

生まれ持った眼の色によって能力が決められる世界で、圧倒的な力を持った天才魔術師がいた。

男の名前はアベル。強力すぎる能力ゆえ、仲間たちにすらうとまれたアベルは、理想の世界を求めて、遥か未来に魂を転生させる。

しかし、未来の世界では何故かアベルの持つ至高の目が『劣等眼』と呼ばれ、バカにされるようになっていた！　ボンボン貴族に絡まれ、謂れのない差別を受けるアベル。だが、文明の発達により魔術師の能力が著しく衰えた未来の世界では、アベルの持つ『琥珀眼』は人間の理解を超える超規格外の力を秘めていた！

過去からやってきた最強の英雄は、自由気ままに未来の魔術師たちの常識をぶち壊していく！